JN228002

「えーと君は……
〝秘密闇札対策機関〟の人間か」
店長
棚札ミツル
ヤト
夜刀神
「動かないで！」

「こうして、フィールドで
ファイトするのはいつ以来になるかな」
「ダイアが初めて店に来た時以来だろ」
「あの時は盛り上がったな、ミツル」
「このファイトを、
それ以上のモノにするぞ、
ダイア」
「イグニッション」
ダイア
逢田トウマ

カードゲームで世界が滅ぶ世界に転生してカードショップを開店したら、周囲から前作主人公だと思われている

暁刀魚

[Illustrator]
tef

IGNITION FIGHT

CONTENTS

[Illustration] tef

1 カードショップ店長に歴史なし

世界は一枚のカードから始まった――

なんてのが、大真面目《おおまじめ》に語られる世界がある。

カードゲームで世界が滅ぶ世界。

TCG《トレーディングカードゲーム》を主題にしたアニメは、色々とぶっ飛んだ設定が多い。

カードが世界を創ったり滅ぼしたりなんてのは、その典型だ。

あまりにもよくあることすぎて、もはやツッコミすら入らないこともほとんど。

そんな世界に転生してしまったら、どうすればいいだろう。

ふざけるなと思うだろうか、バカにしていると憤るだろうか。

確かに普通の人ならそういう反応をしてもおかしくはない。

だが、俺はTCG《トレーディングカードゲーム》をそれなりに嗜《たしな》んでいるオタクである。

正直、カードゲームで世界が滅ぶとしても、それ以上にカードゲーム第一なこの世界は魅力が多い。

なにせカードゲームのモンスターが実体化するのだ。

いわゆるソリッドヴィジョンのような、モンスター実体化システムによる大迫力のゲーム。

カードゲームで強いことが大きな評価点になる価値観。

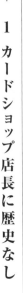

1　カードショップ店長に歴史なし

日常の裏側でカードゲームが世界の趨勢《すうせい》を決めるという、ある種のロマン。

TCG《トレーディングカードゲーム》オタクとして、生活していてなかなか楽しい世界だ、ここは。

TCG《トレーディングカードゲーム》といえばカードショップ。

この世界で俺は、念願かなってカードショップを開店した。

この世界でカードに関わっていくなら、一番の方法だ。

ただ、そんな一国一城の主《あるじ》である俺は、ある〝悩み〟を抱えていた。


それは――

とある県の地方都市、天火市《テンカ》。

その中心部とも言える駅から歩いて少しのところに、俺の店はある。

二階建てのビルをまるっと一つ買い取って開いた店。

一階はガラス張りで中が見えるようになっていて、ガラスにはカードのポスターがずらり。

その上には店名の刻まれたボードが掲げられている。

カードショップ〝デュエリスト〟。

それが俺の開いた店だ。

店名は、偉大なる某大手TCG《トレーディングカードゲーム》から拝借した。

こういうお遊びは大事だと思うんだ。

「んじゃ、今日のショップ大会決勝戦を始めるぞ、対戦者は中央のフィールドに進んでくれ」

店内で、俺の声が響く。

店内は入ってすぐのところにフリー用のテーブルが置いてあって、その奥にステージのような物がある。

壁面にはずらりとショーケースにストレージ、自慢の商品が並んでいる。

さて、今日は週末に行われるショップ大会の日である。

ショップ大会、前世におけるそれと概《おおむ》ねイメージは一緒だ。

大会ルールは店によって違うだろうが、うちはスイスドローのダブルエリミネーション方式をとっている。

そして、そんな大会の決勝戦が今まさに行われようとしているのだ。

現実との一番の違いは、対戦者が店の中央に設置された広めのステージ——「フィールド」の上に立っているということか。

今回の対戦者は、小学生の少年二人。

燃えるようなツンツンとした二色の髪色が特徴の熱血っぽい少年と、青みがかった落ち着いた髪色のクールっぽい少年。

如何《いか》にも主人公とそのライバルですよ、という感じの二人だ。

そして実際に、この二人はライバル関係、とある大きな事件を解決したことがあったりする。

　まさにホビーアニメの住人。

「今日こそはお前に勝ち越してやる！」

「ふん、何度やっても強いのは僕だ」

　と、ライバルらしい会話をした二人は、同時に掛け声を叫ぶ。

「「イグニッション！」」

　この世界のカードゲームは「イグニッションファイト」と呼ばれている。

　個人的にカードゲームには「ＭＴＧ」を源流としたマナなどのコストを使用するコスト型ＴＣＧ《トレーディングカードゲーム》と、それ以外の「遊戯王《ゆうぎおう》」のようなコストを使用しないＴＣＧ《トレーディングカードゲーム》があると考えている。

　イグニッションファイト……通称イグニッションは後者だ。

　概ね、遊戯王の亜種だと思ってもらって構わない。

　少年二人が立っているのは、モンスターを現実にするための「イグニッションフィールド」と呼ばれるフィールドだ。

　このフィールドの中でなら、モンスターは自由に暴れ回ることができる。

　その迫力と言ったらもう、初めて見た時は感動ものだったね。

「俺の先攻だ！」

「ふん、くれてやる」

　フィールドの上で少年達がバトル――この世界でイグニッションファイト――ファイト

と呼ばれるそれを始める。

周囲の人々は、それを熱心に観戦している者もいるが、フィールドの隣にあるテーブルの上でフリーをしている者もいる。

テーブルの上でも、小さなモンスター達が縦横無尽《じゆうおうむじん》に駆け回っていた。

テーブルにも、モンスターを現実にするための機能が備わっているんだな。

俺のショップは地方の小さなショップだ。

だから、ファイト用のフィールドを設置するスペースは一つしかない。

普段はフィールドを使ったファイトは予約制になっている。

予約なしでファイトがしたかったら、テーブルのほうでやってもらうか、外でやってもらう必要がある。

この世界にも、デュエルディスクに相当する小型ファイト用フィールドが存在する。

しかしスペースを取るので、店内で全員がそれを使ってファイトすることは不可能なのだ。

なので、決勝でこうしてフィールドを使えることは、それ自体が一つの褒賞でもある。

まぁ、そんな世知辛い事情は抜きにして、少年達は激しいファイトを繰り広げていた。

「いけぇ！　〈バトルエンド・ドラゴン〉！」

「くっ……迎え撃て、〈蒼穹《そうきゆう》の死神《しにがみ》〉！」

二人のエースモンスター、如何にもといった感じのかっこいいドラゴンと、死神をモチーフにした少し恐ろしさのあるモンスターがぶつかり合う。

1　カードショップ店長に歴史なし

ドラゴンが鉤爪《かぎづめ》を振り下ろし、死神が鎌《かま》でそれを受け止める。

そしてドラゴンがブレスを吐き、もんどり打ちながら激しい戦いを両者が繰り広げ……

勝利したのはドラゴンだった。

「続けて、〈バトルエンド・ドラゴン〉のエフェクト発動！　セメタリーのカード一枚をデッキの一番下に戻し、デッキの一番上のカードをセメタリーへ！　そのカードがモンスターなら、もう一度戦闘を行う！」

熱血少年は勝負を決めるつもりのようだ。

やはりエースが戦闘に関する効果を持っていると、ファイトが映える。

主人公のエースならなおさらだ。

某禁止カードを経験した主人公のエースカードを思い出しつつ。

最終的に、ファイトは熱血少年が勝利した。

「つしゃあ！」

「くっ……」

基本的に二人の力関係は、何も無い時はクール少年のほうが強いのだが、今日は珍しく熱血少年が勝ったな。

「そこまで、優勝はネッカだ、おめでとう」

言いながら、俺は二人に歩み寄る。

ネッカというのは熱血少年の名前だ。

クール少年のほうはクローという。

「店長！　へへへ、やっぱり俺ってば最強ー！」

「あまり調子に乗りすぎるなよ、クローに足すくわれるぞ」

「へいへい」

こういう熱血少年は、調子に乗りやすいきらいがある、定番だな。

まぁ、それはどんな状況でも前向きという長所にも繋《つな》がるが。

「店長！　次は店長とファイトしてぇ！　やろうぜ！」

「あ、ずるいぞネッカ、僕だって店長とファイトしたい」

とか思ってると、二人がそんなことを言ってくる。

この年頃の少年が、ファイトをねだってくるのはなんだか微笑《ほほえ》ましいものがあるが、それはそれとして俺は店を営業中の店長だ。

「ダメに決まってるだろ、今はお客さんもいっぱいいるんだから」

「えー、やろうぜー！」

言いながら、熱血少年のネッカは恨《うら》みがましい視線で俺を見てくる。

そんな眼《め》で見てもダメだ、世のお姉様方が黙ってないぞ。

じゃない。

「――――別にいいですよー、店長がファイトしてる間はそっちに客が集中するので、私一人で回せます」

その時。

俺の店で店員をしてくれている、今までショップ大会を眺めながら黙々とオリジナルパ

ックを作っていた少女がそう言った。

銀色の髪の、小柄だが子供という感じでもない、フリル多めの私服の上に店のエプロンを身に着けた少女だ。

堆《うずたか》く積まれたオリパの山が、彼女がそれなりに手が空いていることを示している――いや、作りすぎじゃない？

ともあれ、彼女の言葉を聞いた少年二人が目を輝かせている。

どころか――店内が沸《わ》き立《た》ち始めた。

俺とのファイトがコンテンツになるのはどうなんだ……？

とか思っていたら。

「どうやら、〝その時〟が来たようでござるな……」

突如として、謎のサムライが入口から入ってきた。

本物のサムライである。和服姿で刀まで携えていた。

あまりにも場違いすぎる乱入者に、ショップはしん……と静まり返る。

「カードショップ〝デュエリスト〟店長、棚札《たなふだ》ミツル……！　その実力の本質、見極めさせてもらうでござる！」

サムライは、そう言ってカードを俺に突きつけた。

どうやらこいつも、俺の実力の〝謎〟を解き明かそうとしているようだ。

「……なぁ、クロー」

「ああ、わかってるネッカ。あいつ……できる」

実力派ファイター少年達が、サムライの実力を冷静に分析している。

実際俺も、このサムライが只者《ただもの》ではないと察してはいるが、それはそれとして。

「……悪いが、俺とのファイトは順番制だ、先にショップにいた客を優先させてもらっていいか？」

俺は、冷静にそう告げる。

サムライは申し訳なさそうに、わかったでござる……と了承するのだった。


——俺の悩み。

それは、どういうわけか俺がこの世界で周囲の人から〝前作主人公〟扱いされていることだ。

先ほど現れた謎のサムライがその証《あかし》。

俺の実力を聞きつけて、遠路はるばるやってきたのだろう。

別に、実力者と思われることはいい。

実際、転生者だからかドロー力が高く、俺はそれなりに強いという自負がある。

でも、しかし俺には——

別に、あの熱血少年達のような、大きな事件を解決した背景も過去もないのである。

なのにどういうわけか、周りの人々はかつて俺が大きな事件を解決したが、そのことを

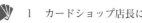

周りに話していない前作主人公のような人物だと信じて疑わないのだ――

ＴＩＰＳ：イグニッションファイトは非コスト制のＴＣＧ《トレーディングカードゲーム》。ライフを削り切るか相手のデッキを０にしたら勝利の（一見）シンプルなルールで、破壊されたカードの行き場を「セメタリー」、モンスターの効果を「エフェクト」、モンスターカード以外の効果を「カウンターエフェクト」と呼称する。

2　それはそれとして、事件に引っかかるくらいはする

俺の経歴は、転生者であるということ以外は特に変なことは何もない。

そもそも転生者だからといって、正直それがどうということもない。

俺が転生した世界は、カードゲームが世界の全てであること以外は現代と何も変わらない。

前世で既に社会人だった俺は、正直中学高校の勉強とか覚えてない。

転生のアドバンテージみたいなものはほとんどなかったと言える。

もっと言えば、俺が転生したのはカードゲーム世界の俺である。

家族構成も、周囲の環境も、何もかも前世そのまま。

正直、転生直後は「若返った」以外に変化を実感できなかったくらいだ。

強《し》いて言うなら、暮らしている街の名前が「天火《テンカ》市」になっていたくらいだな。

如何《いか》にもイグニッションファイト……カードゲーム世界の舞台ですよ、みたいな名前。

前世にこんな街なかったぞ。

ともあれ、そんな俺でもカードゲームが全ての世界であると実感すれば変化も生まれる。

もともと前世ではＴＣＧ《トレーディングカードゲーム》を嗜《たしな》むオタクだったから、馴染《なじ》むのは一瞬で。

しかもドロー力が明らかに前世より上がっていた俺は、メキメキと「イグニッションファイト」で頭角を現していった。

周囲からも評価され、何の特徴もなかった前世の俺とはまったく違う人生を歩み始めた……のだが。

そんな俺が、この世界の大事件に関わることは今に至るまでついぞなかった。

なかったのである、ちっとも。

これでも子供の頃からプロファイターとファイトしても対等に渡り合えるくらい強かったのに。

物語のメインキャラやれるくらい強かったのに！

なんなら、俺の友人が物語の主人公になったりもしたのに！

なぜか！　まったく！　関わらなかったのである！

いやぁ、いつの間にか友人が世界を救っていたとニュースで知った時は、思わず吹き出してしまったね。

相談してくれよ！　ファイトの実力俺とどっこいじゃんお前！

と、思ったのだが。

返ってきた答えは――

「お前もきっと、何か重大な事件を抱えてただろうから。こっちのことで迷惑かけるわけにはいかなかったんだ……」

――これである。

ないよ、何もないよ⁉

君が死にかけてる裏で、のほほんと平和な日常を送ってましたよ⁉

そう答えた俺を見て、きっと俺の力があればもう少し楽ができたのだろう。

友人は、膝《ひざ》から崩れ落ちてしまった――

以来、俺はなぜか周囲から重大な事件に関わっていると思われ、それぞれの抱えている事件に関して相談されないことが頻発した。

逆に言えば、頻発するくらい俺の周囲では色々と事件が起きていたのである。

にもかかわらず、俺は一切その解決に関わらなかった。

なのに、俺は色んな事件を裏で解決してきた、謎の実力者と思われている。

一言言おう。

解せぬ――


とはいえ、正直そういう実力者だと思われてしまう理由はなくもない。

事件の根幹に巻き込まれることはないが、事件そのものに引っかかることはあるのだ。

それは、ド深夜のことだった。

俺は自分が経営しているカードショップ〝デュエリスト〟で色々と作業をしていた。

オリパを作ったり、在庫を整理したり。

なんでこんな時間に作業をしているかというと、なんとなく作業がしたくなったからだ。

別にワーカーホリックというわけではない。

スマホを使って、動画やアニメを流したりしながら、のんびり作業しているのである。

普通の店ならともかく、ここは俺の領土、自分で経営するカードショップである。

閉店後にながらで作業をしていても、誰からも怒られることはないのだ。

時には「イグニッションフィールド」のオンラインファイト機能を使って、全国のファイターとバトルしたりもしている。

いやぁ、職権濫用って楽しいね。

今はそんな楽しい作業を終えて、そろそろ家に帰って休もうかというところ。

俺のショップは一戸建てで、二階には居住スペースもあるのだが例の、客を俺にけしかけた店員がそこで暮らしてるので俺は家に帰らにゃならんのだよな。

まぁ、家は歩いて少しの場所なので、別に大変ということもないのだが。

そんな時である。

「ヒヒヒ、棚札《たなふだ》ミツルだな」

不意に、声をかけてきた不審者がいた。

舌でナイフをペロペロしそうなチンピラである。

あ、棚札ミツルってのは俺の名前ね。

普段は店長って呼ばれることが圧倒的に多いから、あんまり覚える必要はない。

「……何の用だ」

「キサマのレアカード、俺にくれよ！　ヒャーッハハハハ！」

カード狙いの強盗だ。

前世でも、カードショップに空き巣に入ろうとする連中は問題になっていたが。

この世界でもそれは変わらない。

強いて言うなら――

「〝イグニスボード〟を構えろぉ！」

「チッ……ダークファイトか、面倒な」

舌打ちしつつ、俺はバッグからイグニスボードを取り出す。

盾のような形のボード――この世界におけるデュエルディスクと考えてもらえればいい。

デュエルディスクと違うのは、起動すると俺の周囲を浮遊し始めるところだな。

ダークファイトというのは、「悪魔のカード」と呼ばれる特殊なカードを使ったデッキでファイトを挑むことで、相手が逃げられないようにするファイトのことだ。

悪魔のカードは、特別な力を持っており、これを持っているファイターがファイトを挑むと周囲に闇の空間が形成され逃げられなくなる。

面倒な話だ。

ここから逃げる方法はただ一つ。

カードゲームが全ての世界らしい方法。

「……イグニッション！」

「イグニッション！　ヒャーッハハハハ！」

カードゲームで決着をつけるしかない。

かくして、闇のイグニッションファイト――ダークファイトが始まった。

ファイトは俺の有利で進む。

チンピラが聞いたことのないカードを召喚し、それを呼び出し俺はエースカード攻撃。

ダメージを受けるもチンピラは不敵に笑っている……という、なんともそれっぽい流れだ。

おそらくここからチンピラは、俺も知らないような謎のモンスターを召喚して俺をピンチに追い込むのだろう。

が、それはできればもう少し早い時間にやってもらいたいものだ。

今何時だと思ってるんだ、こいつ。

というわけで。

「ヒヒヒ、今こそ地獄の釜《かま》の蓋《ふた》が開く時！　現れろ！　ヘルハウンドモンスター！　〈ヘルハウンド・ダークアリゲーター〉！」

チンピラが、ヘルハウンドモンスターとかいうのを呼び出した瞬間。

「おっと、〈ゴッド・デクラレイション〉を発動、そのサモンを無効にして破壊する！」

「えっ」

そのモンスターを破壊した。

チンピラが、信じられないものを見るような眼《め》でこちらを見る。

「どうした、エースモンスターを呼び出す土台が破壊されて、呼び出せなくなったような顔をして」

「…………え、エンドだ」

どうやら後続を呼び出すことはできないようだ。

こういう闇のファイターの所有する悪魔のカードは、大抵大型モンスターだ。

出てきたものを破壊しようとすると耐性があったりして、破壊できないことも多い。

だったら、土台を破壊してしまったほうが早い。

木端《こっぱ》のファイターは、そうしてしまったらリカバリーできないことがほとんどだからな。

せいぜい、何も無いところからポン出しできるエースじゃなかったことを恨《うら》むがいい。

というわけで、大人げない方法で俺は次のターン、チンピラにトドメを刺した。

エースくらい見てやってもいいだろ、と思われるかもしれないが。

こんな時間にダークファイトを挑まれる身にもなってほしい。

「う、嘘《うそ》だ、俺はこんなはずじゃ！　うわあああああ！」

そして、チンピラは突如として足元から発生した黒い炎に包まれて――消えてしまった。

ダークファイトを仕掛けた側が敗北すると、このように悪魔のカードに魂《たましい》をどこかへ連れて行かれてしまうのだ。

やばいじゃんと思うが、こういうのは大抵大本になったボスを倒せば戻ってくる。

ホビーアニメの定番だな。

「あ、カードが残った。……面倒だな」

そして、おそらく奴《やつ》が持っていたと思われる悪魔のカードが宙に残されて、俺の手に収まった。

闇のファイターが消えた後、カードが残るかはカードによって変わるが、今回は面倒なパターンだったようだ。

だって、カードが残ったらそのことをどこかしらの機関に報告しなければならないからな。

「動かないで！」

とか思っていたら、威圧的でありながらも、こちらを気遣うような声がかけられた。

俺のことを犯人か被害者か、計りかねているような声だ。

どうやら、その「どこかしらの機関」のエージェントが向こうからやってきてくれたらしい。

これなら、多少は楽ができそうだな。

――俺が実力者と思われるのは、こうやって闇のファイターに度々狙われ、撃退してきたからだ。

幼い頃から何度も何度も。

それはもうしつこいくらい狙われて――けれど、別に奴らは俺を事件の根幹に引きずり込もうとしなかった。

多分、今回も俺が深く事件に関わることはないのだろうな……と、想《おも》いながら。

声のするほうに振り返った。

TIPS：ダークファイトを行うファイターをダークファイターと呼称する。ダークファイトに敗北したファイターは消滅するが、黒幕が敗北すると復活できる。

3　前作主人公みたいなことしてたらそりゃ言われる

この世界にはカードゲームに関する犯罪や事件が山程ある。

俺が先程巻き込まれたダークファイトを始め、悪魔のカードを使った洗脳《せんのう》や詐欺《さぎ》。その他諸々。

治安の悪さでいうと、前世より悪いかもしれない。

事件の原因さえ解決すれば、巻き込まれた人も戻って来るので前世よりシンプルではあるが。

そして、そんな事件に対抗するため色んな「機関」とそれに所属する「エージェント」が存在する。

公的なものから、非公式なものまで。

今回の場合は――

「えーと君は……〝秘密闇札《やみふだ》対策機関〟の人間か」

「……!?　私の組織のことを知っているの？」

現れたのは、黒髪ポニテに黒い制服の少女だった。

おそらく年の頃は中学生程度だろうが、背丈は女子中学生の平均よりも高い。

発育の良さも相まって、同級生より少し大人っぽく見られるタイプだろうな。

キリッとした意志の強い目つきも、それを助長させる。

ちょっと物々しい雰囲気の制服は、秘密闇札対策機関のもので間違いない。

一般には知られていない、悪魔のカードと極秘裏に戦い続ける組織だ。

特徴としては、十代のエージェントが多い。

ラノベみたいな機関だ。

「まぁ、仕事柄どうしてもな、君の上司とは面識があると思うぞ」

「流石《さすが》は〝デュエリスト〟の店長。噂《うわさ》に違《たが》わぬ実力者、というわけね」

そう言って、ニッと笑みを浮かべながら少女が近づいてくる。

こちらを強者《つわもの》と認めているのだろう、警戒とまでは行かないが、色々と観察するような視線を感じる。

「闇札機関のエージェントとして、貴方《あなた》から話を聞かせてもらうわ、店長」

「あー、それなんだけど」

俺はスマホを取り出して、時間を確認する。

もう既に、時刻は零時を過ぎていた。

「……明日、というか今日の朝でもいいか？　平日の朝なら客もいないし、対応できるから」

「…………そ、そう」

まさか、拒否でも承諾でもなく、後にしてくれと言われるとは思わなかったのだろう。

一瞬停止してから、少女は俺に断ってスマホで上司に連絡している。

「機関」は基本的に正義の組織だ。

でも、闇札機関は公的なものではないので、捜査に協力する義務はない。

公的機関のエージェントが出てきたら、深夜でも対応しなきゃいけなかったので助かった。

結局、上司からもＯＫが出たらしい。

上司はおそらく俺の知り合いだから、呆《あき》れつつもスムーズに話を進めてくれたのだろう。

それはそれとして。

「じゃ、じゃあまた明日……なんだけど、念《ねん》の為《ため》悪魔のカードはこちらで回収させてもらっても？　いくら店長が強いファイターでも、一般人が持っていていいものじゃないから」

「もちろん構わないさ、ほら。気を付けて持っていってくれ」

悪魔のカードはエージェントの少女に渡して、俺達は一旦そこで別れるのだった。


エージェントの少女は、夜刀神《やとのかみ》というらしい。

本名は教えてくれなかった、闇札機関では本名は機密事項なのでしょうがない。

十代の少年少女のプライバシーに配慮しているのだ。

十代の少年少女をエージェントに使うな。

「というわけで、ここ最近この街では、ハウンドと呼ばれる連中が人を襲ってるの」

「ハウンド、猟犬《りょうけん》ね……」

というわけで、朝。

開店と同時にやってきたエージェントの少女、夜刀神から事情を聞いていた。

流石に平日朝から客は来ないし、万が一来たら二階でゲームをして遊んでいる非番の店員に助っ人を頼む（もちろん賃金は発生する）ので問題ない。

とはいえ、内容自体はよくある話だ。

夜闇《やあん》に闊歩《かっぽ》する悪の猟犬と、それに対抗する秘密組織〝闇札対策機関〟。

こういう話を、俺はこれまで何度も耳にしている。

「ハウンドは、街の実力者を狙ってダークファイトを仕掛けて、勝利した場合その魂《たましい》とレアカードを奪っていくの」

「俺も、俺の存在を認識された上で襲われたよ。店の前で襲撃したあたり、最初から俺を狙っていたんだろうな」

それと同時に、俺個人が狙われていたわけではないこともわかる。

俺はターゲットの一人でしかない、立ち位置としてはまっこといつもどおりのやつである。

しかも、サクッと撃退したものだから、向こうからは割にあわないと思われている可能性が高い。

今後俺を襲撃してくることは、おそらくないのだろう。

これまでの経験が、そう告げていた。

「……私の姉さんも、襲われたわ。許せない、来週には全国大会があるのに……！」

「なるほどな」

なんとなく見えてきた。

このお嬢さんは、姉が襲われたことで闇札機関と関わりを持つことになったのだろう。

そしてその一員となって、姉を取り戻すための戦いを始めた。

そこまでは想像がつく。

そのうえで、俺はピンときた。

「……それ以外にも、何か悩みがあるんじゃないか？」

「え……？」

「ああ、いや。君みたいなファイターを俺は何度も見てきてるんだ。だから、そんな気がしたんだよ」

彼女には、姉のこと以外にも何か悩みがある。

経験則だが、おそらく間違いないだろう。

なにせ、俺のところにこういう物語の中心にいる人物がやってくる時は、大抵そういう時だからだ。

そしてその悩みは――

「……先日、ハウンドの幹部と戦ったの。でも、勝てなくて……上司が来てくれなかったら、私の魂も連れて行かれるところだったわ……」

なるほど、いわゆる実質敗北のファイト中断を彼女は食らったらしい。

前世でもたまにあったやつだ。

そこで負けると話が詰んでしまうので途中で中断になったけど、実質負けで終わるバトルである。

作劇的にあまり褒められたことではないが、それはそれとしてお約束だからな。

「そうだな……」

俺は少し考えて、腰のベルトのデッキケースからデッキを取り出す。

不思議そうに俺を見ている夜刀神を横目に、中央のフィールドへ向かって。

「ちょっと、俺とファイトしてみないか？」

そう、呼びかけた。


物語の中心人物が俺のところにやってきた時、俺はファイトしてみないか、と呼びかけることにしている。

理由は相手次第なので様々だが、必要なことだからだ。

だって一度敗北した後に、本筋とは関係ないところで励《はげ》まされて再起するのは定番だからな。

正直、こういうことばかりしているから、前作主人公認定されるんじゃないかと思わなくもないが。

それはそれとして、こういうファイトは楽しいのでやめられない。

どちらが勝つかはその時々だ。

大抵は俺が勝つが、たまに相手が勝つこともある。

相手が勝つ時は、大抵相手の新エースがお披露目《ひろめ》されるんだよな。

販促の都合ってやつだ。いくら俺が転生者でも、販促には勝てない。

今回は……。

「これでトドメだ」

俺が、冷静にそう宣言する。

勝ったのは俺だった。

夜刀神はまだまだ未熟な感じだ、新エースが出てくる気配もないし、ここは順当だな。

「負けた……流石は〝デュエリスト〟の店長。噂に違わない強さ……」

「でも、君も結構スッキリした感じだな」

「……そう、ね。こんなに楽しいファイトは久しぶりだったから」

どうやら彼女は、ファイトの楽しさを見失っていたらしい。

そりゃあ、エージェントとして闇の世界で命がけのファイトをしてたら楽しむ暇なんてないよな。

ともあれ、こうしてファイトの楽しさを思い出せたならもう大丈夫だろう。

「……ありがとうございました、店長」

「急に改まる必要はないって」

「でも……いえ、わかったわ。ただ、このお礼はどうやってしたら……」

「なら、簡単だ」

俺は、カウンターのほうまで歩いていって、それから夜刀神を見る。

「全部無事に解決したら、お姉さんと一緒に客としてこの店に来てくれれば、それで十分だ」

と、いい感じに〆《シメ》る。

……まぁ、メンタルケアのファイトをしてからこう言って送り出せば、全部解決した後に常連になってくれるからという下心もあるのだけど。

この間の熱血少年とクール少年のコンビもその口だしな。

まぁでも、誰も不幸にならないなら、問題はないだろう。

そう思いながら、一礼して店を去っていく少女を見送るのだった。

TIPS：イグニッションファイトのデッキは通常のデッキの他に、「アペンドデッキ」というものが存在する。特殊なサモン方法でサモンされるモンスターをまとめたデッキである。特殊なサモン方法には【エクストリームサモン】、【クロッシングサモン】等がある。

ラノベ系主人公、夜刀神の場合

私は夜刀神。

秘密闇札対策機関、通称闇札機関のエージェントである。

夜刀神というのはコードネームだから、本名ではないのだけど。

個人的には、結構かっこよくて気に入っている。

闇札機関のような〝機関〟と呼ばれる組織は、イグニッションファイトに関する様々な事件を解決している。

有名なところだと「ネオカードポリス」や「特殊点火事件対策室（通称特火室）」などは世間でも知られている。

その組織は大小様々なものがあり、国に認められているものとそうでないものがある。

私の所属する闇札機関は後者。

ただ、国に存在は認知されていて、公的な組織と連携して動く時もあるのでそこまで怪しい組織ではない。

まぁ、エージェントに学生が多くて、事件現場に行くとネオポリスの人とかに苦い顔をされたりはするけど。

それでも私達だってエージェント、事件を解決したいという意志は本物だ。

私がエージェントになったのは今から少し前のこと。

「ハウンド」の事件に姉さんと一緒に巻き込まれてしまったのだ。

そこで姉さんは私を守るためにファイトして、負けてしまった。

更には私までダークファイトさせられそうになった時、闇札機関の人が助けてくれたのだ。

そこで聞いたのは、姉さんが闇札機関のエージェントだったという事実。

両親がいない中、バイトをしながらイグニッションファイトもして、私の面倒まで見てくれた姉さん。

そんな姉さんがまさか、裏では悪魔のカードを巡って戦っていたなんて。

私は情けない気持ちになった。

私がのほほんと暮らす裏で、姉さんがそんなにも頑張っていたなんて。

だから、私が闇札機関のエージェントになって、姉さんを取り戻したいと思うのは当然の成り行きだった。

もちろん闇札機関の人はそれに反対したけれど。

私は実力で、闇札機関の試験を突破。

エージェントとなった。

試験を初見で突破したのは機関始まって以来初だと騒がれもしたけれど。

結局のところ、私は未熟な少女でしかない。

上司や他のエージェントの皆に迷惑をかけながら、必死に「ハウンド」と戦う日々。

姉さんの出るイグニッションファイト全国大会がすぐそこまで迫っている。

それまでに姉さんを助けないと、そんな焦りから、私は少しずつ疲れてしまっていたのだろう。

そんな時だった、ハウンドの幹部と遭遇し敗北しかけたのは。

上司がなんとか助けてくれたけど、私は一度休んだほうがいいと言われてしまった。

でも、私にできることなんてエージェントとして活動すること以外にない。

その日は休みだったけれど、近くで市民がハウンドに襲われたと聞いて、私は真夜中に現場へ急行した。

そこで出会ったのが、カードショップ〝デュエリスト〟の店長、棚札《たなふだ》ミツルさんだった。

カードショップ〝デュエリスト〟。

この街にはカードショップがいくつかあるけれど、一番繁盛《はんじょう》している店はどこかと聞かれたらみな、声を揃《そろ》えて〝デュエリスト〟だと言うだろう。

実際、最新式の「イグニッションフィールド」があったり。

カードの品揃えが街で一番よかったり。

値段が良心的だったりと、優良店には違いない。

私は、あまり利用したことはなかったけど。

そしてもう一つ。

〝デュエリスト〟の店長といえば、界隈《かいわい》で知らない人間はいない。

この街で〝店長〟と呼ばれたら、彼のことを指す場合がほとんどだ。

若くしてカードショップの店長をしているのもそうだけど、その実力はまさに本物。

トッププロレベルとすら言われている。

というか、彼の友人にプロリーグの現チャンピオンがいるそうだから、実際そのくらい強くても不思議じゃない。

そして、そんな強さを持つ彼には、秘密がある。

誰も彼が、大きな事件に関わっているのを見たことがないのだ。

普通、アレだけ強かったら、何かしら事件に関わって世界の一つや二つ救っていても不思議ではない。

なのにそういう話を一度も聞かないものだから、よっぽど彼には深い秘密があるのだろう、と誰もが思っている。

だが、それに関して、深掘りはしないのが鉄則だ。

彼は既に、一つの事件を終えている。

そんな彼が事件について語ろうとしないなら、こちらからそれを聞くべきではないのだ。

だから彼の秘密は、今も秘密のままになっている。

時折、その〝謎〟のベールをめくろうとする人が現れるそうだけど。

謎は謎のままにしておいたほうが神秘的だと、私は思った。

私が彼と出会った時、彼は「ハウンド」の刺客《しかく》を撃退して、ハウンドが敗れた際に落とす悪魔のカードを手にしていた。

彼には話さなかったけれど、「ハウンド」に襲われて生き残った市民は彼が初めてだ。

「ハウンド」の悪魔のカードは非常に厄介《やっかい》で、初見殺し性能が非常に高い。

だから、どれだけ実力があってもその実力を発揮《はっき》しきれずに負けてしまうことが多いのだが。

流石は実力者、悪魔のカードのモンスターを苦も無く倒してしまうなんて、すごい。

そうして翌日、私は彼と実際にファイトした。

私のような未熟者が、彼に勝てるわけないと思っていたけれど、実際にはかなりいい勝負になって。

最終的に惜しくも負けてしまったけれど、私は少しだけ自分に自信を持つことができた。

何より、彼は私が忘れていたファイトの楽しさを思い出させてくれたのである。

彼が最後に言っていた、姉さんと二人で〝デュエリスト〟を訪れるという約束を果たさないと。

心からそう誓った。

――それから。

私は幹部と再戦し、それを撃破。

その後も私の仲間達が幹部を倒し、ハウンドを追い詰めた。

しかし、そんな時なんと姉さんがハウンドの最高幹部として現れたのだ。

どうやら姉さんはハウンドの黒幕に操られてしまっていたようで、そんな姉さんと私の上司――闇札機関最強のファイターが激突した。

結果は、上司の敗北。

ハウンドの初見殺しがひどかったというのもあったけれど、操られた姉さんは強かった。

最終的に上司は私に姉さんを救うよう託して、魂を連れ去られてしまう。

そこからは激動だった。

ピンチに陥った闇札機関、連れ去られた人達が洗脳されて敵になったり。

その中に上司もいて、姉さんとともに強大な敵として立ちはだかったり。

瓦解《がかい》しかけた闇札機関をなんとかまとめ上げて、反撃を開始したり。

結論から言えば、私達は勝利した。

逆転の切り札となったのは、姉さんのカードだった。

実は私達が襲撃された時、姉さんはハウンドが奪おうとしていたレアカードを所持していなかったのだ。

それに気がついた私は、家にあった姉さんのカードと私へのメッセージを見つける。

メッセージに励まされながら、デッキを組み直した私を中心に、最終決戦が始まった。

私は幹部の一人と、姉さん、そしてハウンドの黒幕を倒して事件にケリをつけることができた。

我ながら、新人とは思えない大戦果である。

まぁ最終的に無茶しすぎて、正気に戻った姉さんが助けに来てくれなかったら本当に魂を持っていかれるところだったけれど。

そのせいで姉さんを泣かせてしまったりしたけれど。

私達は、無事に勝利して日常へ戻ることができたのだ。

もちろん、後始末やらそもそも特殊な経緯でエージェントになった私の今後とか、色々と考えなきゃいけないことはあるけれど。

その日、私と姉さんはカードショップ〝デュエリスト〟の前にやってきていた。

週末ということもあって、店はとても繁盛している。

そんな店に、姉さんと二人で入っていって――

「おや、いらっしゃい」

そうやって、何気なく私達に挨拶してくれる店主に、私は思わず涙がこらえきれなくなる。

あの時、彼が私にファイトの楽しみを思い出させてくれなかったら、私は姉さんが助けに来てくれるまで、自我を保てなかったかもしれない。

ついでに、姉さんの部屋からレアカードを見つけた時、一緒にこの店のレシートも出てきた。

何にしても店長には頭が上がらないな……と思うのだった。

ＴＩＰＳ：アペンドデッキからモンスターを呼び出すサモンには【エクストリームサモン】等があり、モンスターのエフェクトとして記載されている。ただし、これら特殊なサモン方法はいわゆるキーワード効果であり、モンスターのエフェクトが長文になる場合省略される。

4　前作主人公はなんぼいてもいいですからね

カードショップの店長というのは、ここだとかなりの人気職業だ。

前世だとただのサービス業でしかなかったが、ここではカードはそもそも世界の中心である。

それを販売する店の主《あるじ》というのは、わかりやすい憧れの対象だ。

子供の人気職業ランキングで、常に上位を保持する職業。

他に人気の職業といえば、機関エージェントにプロファイター。

プロファイターというのは、文字通りイグニッションファイトのプロ。

プロ野球選手みたいなものだ。

その場合、機関エージェントは消防士か？

子供に人気の職業、という意味で。

だからまぁ、二十代半ばで店を持った俺が評価されるのは自然なことといえば自然なことなのだ。

それが、「俺には何か秘密があるんだろう」と周りが思うことと繋《つな》がるわけで。

実際には、大学時代に出場した大規模な大会で三位に入賞した時の賞金で店を開いただけである。

ありがたいことに、開店からこっち俺の店は繁盛《はんじょう》している。

流石《さすが》に平日の昼間は客はほとんどこないが。

学生がフリーになる放課後や、休日はいつだって人がいっぱいだ。

まぁ、時にはこないだのサムライとか、変な客もやってくるんだけど。

それはまぁ、この世界ではよくあることというか。

慣れれば案外楽しいというか。

変な客といえば、うちには変な常連がいる。

単純にキャラが濃くて変人である、という場合もあるが。

〝奴《やつ》〟の場合は、本人は普通なのに変にならざるを得ないのだ。

悪い奴ではない、どころか俺にとっては学生時代からの友人なのだが……。


「いらっしゃいませー」

扉が開いたのを察して、俺はちらりと視線を向けながら挨拶する。

見ると、そこにはニット帽を被ったサングラスの男が立っていた。

身長百九十超え、めちゃくちゃデカくてがっしりした体型の男だ。

ニット帽にサングラスとか、すわ強盗かと思ってしまう格好だが、その体格からすぐに俺はそいつが〝友人〟であると察することができる。

「やぁ〝ダイア〟、元気そうだな」

「久しぶり、店長。そっちも元気そうで何より」

「まぁ、今は流石に閑古鳥《かんこどり》だけどな」

今の時刻は十五時、そろそろ小学生が学校を終えるか終えないかという微妙な時間帯。これから人が増え始めるだろうが、今は特にそういうこともない。

俺も、概《おおむ》ね準備を終えてバックヤードに引っ込んでいようかと思っていたところだ。

友人が訪ねてきたなら、談笑に興じるのも悪くない。

接客業としてはどうかと思うが、カードショップは店員と客の距離が近くなるものだからな。

個人経営だとなおさら。

「私としては、この店が賑《にぎ》わっていると何よりも安心できるんだ」

「そう言われると照れるぞ、ダイア」

ダイア……というのはハンドルネームのようなものだ。

ショップ大会では、参加登録の際に名前を記入する。

この時、本名で登録しても問題ないが、ハンドルネームで参加しても問題ない。

というか、子供ならともかく大人ならハンドルネームのほうが普通なのは、前世からそうだよな。

「それに――――そっちも順調そうじゃないか。今度は海外遠征だっけ？」

「……ああ、世界大会で欧州にな。光栄な話だ」

ちらりと視線を周囲に巡らせてから、ダイアは答える。

心配しなくとも、俺がこういう話題を振る時は、周囲に客もいないし、店員《あいつ》もいないよ。

まぁ、店員はダイアの正体を察してるみたいだが。

ダイア、その本名は逢田《あいだ》トウマ。

現イグニッションファイト日本チャンピオンだ。

つまり、日本で一番強いファイターである。

しかも公式戦年間無敗記録なんていう、とんでもない記録まで持っている。

史上最強の日本チャンプ、なんて呼ばれるプロファイター。

そりゃあ、こんな風に正体を隠してやってくるわけだ。

特にトウマは髪型がなんかすごいからな。

帽子を被ってないと一発でバレる、カードゲーム主人公の宿命だ。

まぁ、こんな怪しい格好をしていたら有名人だというのはすぐにわかるわけだけど。

どの有名人かわからないってのは、結構大事だからな。

「うちの店でくらい、正体は隠さなくてもいいと思うけどな」

「ここはともかく、店の外だとそうも行かないさ。それに、もうほかの常連からは〝ダイア〟で覚えられてるから、今更正体を明かすのも気恥ずかしい」

「一応言っておくけど、結構バレてるからな？　お前の正体」

う、とダイアが言葉に詰まる。

うちの店員もそうだが、ダイアの正体に気付いている客は多い。

そりゃそうだ、〝俺の友人〟で、〝身長百九十超えの美丈夫〟ともなれば。

該当《がいとう》するのは逢田トウマ以外存在しない。

どういうことかと言えば。

前に話した〝いつの間にか世界を救っていた友人〟とは、ダイアのことだ。

そして、俺とダイアの友人関係はネットを調べれば出てくる。

情報化社会は恐ろしいな。

「まぁ、それをわかった上で皆が指摘しないなら……私はその厚意に甘えさせてもらうよ。ここでは私は、不審な常連客のダイア。それでいいじゃないか」

「それもそうだな」

むしろ、自分の立場を気にせず一ファイターとしてのんびり過ごせるここは、ダイアにとって大事な場所だろう。

俺も、親友がプロとして色々気苦労が多いことは知っている。

少しでも気が休まる場所があるなら、それはいいことだ。

「それにしても、日本チャンプってのは大変だな。こないだのニュース見たぞ？」

「……どれのことだ？」

「ほらアレだよ、イグニッション星人とのこの星を懸けたファイト」

なんだその、将棋星人が地球に攻めてきたら、みたいな話はと思うかもしれないが。

まさしくその通りのシチュだ。

そしてダイアは攻めてきたイグニッション星人と、地球代表として戦ったのである。

俺から言わせれば、そもそもダイアがイグニッション星人側だろって話だが。

「アレか……確かにアレは大変だった。この星の未来を懸けたファイトが一発勝負というのが、特にな」

「エージェントなんて、常に一発勝負で世界の危機と戦ってるんだぞ？」

「そう言われると何も言えないが……」

プロファイターってのは、年間での勝率を求められる職業だ。

毎日何度もファイトをして、常に強いことがプロファイターの条件。

そんな世界で生きているダイアにとって、一発勝負ってのは苦手な条件なのだろうな。

たまに一発勝負のトーナメントで、思わぬ番狂わせが起きたりするし。

その対極にいるのが、機関のエージェントだ。

悪魔のカードを巡る戦いは常に一発勝負。

負けたら世界が終わるというプレッシャーを抱えながら、彼らは戦っているのである。

どちらがキツイかと言われると、人それぞれだが。

どちらも大変だよな、と俺のような外野は思わざるを得ない。

「あの時に、店長がいてくれればな……」

「おいおい。ただのカードショップ店長を、イグニッション星人との勝負に引っ張り出さないでくれよ」

若干恨《うら》みがましそうに、ダイアは言う。

「一発勝負なら私より強いカードショップ店長だ。少しくらいいいじゃないか」

ダイアが逢田トウマだというのは、この店の公然の秘密だが。

俺が一発勝負ならダイアより強いと聞けば、常連だって目が飛び出てしまうだろう。

そう、俺は条件次第ではダイアに勝利することがある。

というか、俺達の実力はほぼ互角と言っていい。

百回やればダイアのほうが多く勝つが、一回勝負なら俺のほうが勝つ。

そんなパワーバランスで、俺達は昔からライバル同士だった。

「店長、今からでもプロファイターやエージェントになる気はないか？」

「俺は、店長としてのんびりやるほうが性に合ってるんだよ」

個人的に、今までの人生で一度も大きな事件に巻き込まれたことがないのは、色々思うところはあるのだが。

だからといって自分から首を突っ込むような性分ではないのだ。

俺は、今の立場を気に入っているのである。

それをわかっているので、ダイアも特にそれ以上突っ込むことはしない。

「そうか。しかしアレだな……また、君と公式試合で戦いたいものだ」

「それは俺も思わなくはない。機会があったら、是非頼むよ」

「ああ」

そう言って、お互いに笑みを浮かべて——

「へへ、一番乗り！」

「ネッカ、騒がしいぞ」

そこに、学校が終わったのだろう熱血少年のネッカとクール少年のクローが飛び込んでくる。

ふと視線をダイアに向けると——微笑《ほほえ》ましい視線で少年達を見ている。

眩《まぶ》しいのだろう、かつての自分にもああいう時があったと、考えているに違いない。

「しかしなんというか……そうやって子供を見守っていると、さながらアニメやゲームの前作主人公みたいだな？」

「…………君がそれを言うのか？」

なんか、すごい目で見られた。

TIPS：ダイアの変装は常連全員にバレている。

前作主人公兼最強キャラ、ダイアの場合

私、逢田トウマの親友。

カードショップ〝デュエリスト〟店長、棚札《たなふだ》ミツル。

彼はなんというか……彼の言葉を借りるなら、〝アニメやゲームの前作主人公〟のような人物だ。

物語で、続編の主人公を導き後方で見守るポジション。

そんなポジションに、幼い頃から彼は収まっていたらしい。

どこか大人びた落ち着きというか、余裕があったからだろうか。

親友といっても、私が彼と知り合ったのは中学の頃だ。

優秀なファイターとして、何より特待生で県内有数の私立校に入学した者同士として、私達は知り合った。

その頃にはもう、今の落ち着いた彼の雰囲気は出来上がっていたのである。

幼い頃に、ファイターとして大きな事件に巻き込まれる者は少なくない。

彼の様子を見れば、彼がそういった事件を経験してきたのだろうと誰もが察することができる。

特待生だったこともあって、最初から彼は周囲から一目置かれる存在だった。

入学してから程なくして、私はある事件に巻き込まれた。

それは世界を揺るがすような大事件で、私はその中心に否応《いやおう》なく放り込まれたのだ。

しかし私は、一発勝負というのがどうにも苦手なタイプだった。

決して弱いわけではない、比較的苦手というだけだ。

だが、ここぞという場面でプレッシャーを感じることが多いのである。

将来はエージェントではなくプロファイターだと、既に心の中で決めていたくらいだ。

そんな私に対して、ミツルは多くの助言を与えてくれた。

彼は私と違って一発勝負に強いタイプだ。

だからそのアドバイスはどれも的確なもので、まるで私の陥っている状況を見てきたかのようだった。

私が大きな事件に巻き込まれていることを彼に明かさなかったにもかかわらず、そんなアドバイスができるのだから恐ろしい。

そう、私は彼に事実を伝えていなかった。

彼もまた、大きな事件を抱えていると思っていたからだ。

まぁ、実際にはそんなことは一切なかったわけだが。

それを聞いた時の衝撃と言ったら。

膝《ひざ》から崩れ落ちるという経験は、その時をおいて今のところ他にないほど。

しかも聞けば、彼はこれまでにそういった事件に巻き込まれた経験はないという。

最初にそう告白された時、私はその言葉を信じなかった。

どう考えてもありえないからだ。

何の経験も知識もない人間が、世界の裏側で行われる闇のファイトにアドバイスできるはずがないのである。

ただ、彼と長年付き合いを続けていくうちに、本当にそうではないのかと思うことが何度も起きた。

とにかく彼は事件の本筋に巻き込まれないのだ。

事件を起こした組織の下っ端《したっぱ》がちょっかいをかけた結果、警戒されてその後手を出されなくなる。

事件が起きている最中、たまたま別の用事で他所《よそ》にでかけている。

そもそも気付いたら事件が解決していた。

そんなことが連続していくうちに、否が応でもその言葉を信じるしかなくなったのだ。

じゃあ、一体どこであんな落ち着いた雰囲気を身に着けたのか。

それは……謎、というほかない。

なぜなら、そこまで躍起《やっき》になって探る必要のある秘密ではないからだ。

棚札ミツルは、棚札ミツルである。

イグニッションファイトに強く、落ち着いた雰囲気のある前作主人公のような男。

その事実は、彼がどんな人間だろうと変わらない。

なら、それでいいではないか。

それに、彼は別にあらゆる事件から遠ざかる運命にあるわけではない。

きっちり彼が事の中心に関わることだってあるのだ。

それは〝危険のない事件〟だ。

具体的に言えば、大きな陰謀に関わっていないイグニッションファイトの大会とか。

この世界のあらゆることが、世界の危機に関わるわけではない。

むしろ、そうではないことのほうがほとんどだ。

特にイグニッションファイトの大会は、世界中で開催されている大きなイベントの一つである。

学生大会や、誰でも参加できるアマチュア大会などなど。

中には、チームを組んで参加する大会もある。

私はそんな大会に、ミツルを始めとした学友と共に参加したことがある。

そこで私達は優秀な成績を残すことができたし、ミツルも非常に存在感のあるファイターだった。

他には、大学時代に大きな大会で三位に入賞したり。

ちなみにその大会で、彼を破って決勝に進んだのが私だ。

一発勝負に強いミツル相手に、一発勝負の大会で勝てたのはアレが最初で最後の経験だった。

あの経験は、私の人生の中で世界を救ったことの次くらいに充実したものだったな。

なにせ、あの大会を経験したからこそ、今の日本チャンプとしての私があるからだ。

つまり、ミツルは決して常に蚊帳《かや》の外に置かれるような人間ではないのだ。

彼の生きてる世界が、致命的に危険な大事件と重ならないというだけで。

たまに、そういう人間はいなくもない。

そしてそれは、決して卑下《ひげ》するようなものではないだろう。

平和な世界で生きられるということは、それだけ幸運だということなのだから。

ただ、彼の場合少し不思議なのは――じゃあ、その前作主人公のような雰囲気はどこからきたのだろう、という話に回帰することなのだが。

本当に、どこであんなそれっぽい雰囲気を身に着けてきたのだろうな……？


店は、あれから随分と賑やかになった。

子供達が楽しそうにファイトをしたり、ストレージでカードを漁《あさ》ったり。

これぞまさしく、カードショップのあるべき姿だ。

そんな様子をダイアと眺めていると、不意に問いかけられた。

「店長、君は何かと事件に関われない星の下に生まれてきているが……」

「そうだな、としか言いようがない」

「……昔の私を、君は恨んでいるか？」

「何のことだ？」

マジで何の話か理解《わか》らなかった。

だが、聞けば単純。

ダイアが世界を救った事件のことだ。

あの事件だけは、ダイアが相談すれば俺だって関われたはずだ。

だが、ダイアが遠慮した結果そうはならなかった。

まぁ、俺が前世で見てきたカードゲーム作品の世界の危機あるあるを元にした助言は役に立ったので、決して何もしていないわけではないのだが。

「なんだ、そんなことか」

「変なことを聞いた、すまない」

「いや、いいよ。それに……正直なことを言うと」

店を眺めながら、俺は続ける。

「どっちでもいいんだ」

「どっちでもいい？」

「ああ、だってそうだろ？　わざわざ自分から危険に首を突っ込むのは無鉄砲すぎるし、周りにも迷惑をかける。俺だって死にたいわけじゃない」

「あの頃からそう考えてたとしたら、それはあまりに大人の考えすぎるぞ？」

確かに、そうかもしれないな。

俺は一応転生者なのだ。

もしくは、ちょっと前とは違う世界に逆行してやり直しをしている人間。

確かに、俺だって自分が事件に関われないことを気にする時もある。

だけど、それを引きずるほど子供じゃないだろう、俺は。

それに、もう一つ理由がある。

「楽しいのが好きなんだ、俺は」

それは単純に、この世界のイグニッションファイトが楽しいからという理由。

「誰かが楽しく、ファイトをしているのを見るのが好きだ。そこに自分はいなくても、それでいい」

「どうしてそう思うんだ？」

「この世界が楽しいからだよ」

前世と今。

俺の歩んでいる人生もそうだが、俺を取り巻く環境もどうだ？

こんなにも楽しく、多くの人々がカードゲームを楽しんでいる世界。

ただそこで暮らすだけでも、俺は満足できてしまう。

「私は、その輪の中に君も加わってほしいと思っているけどね」

「ははは、加わってるさ。これでも十分」

だからこそ、俺はカードショップ〝デュエリスト〟を開いた。

楽しくカードゲームをする人達を見ていたいから。

そんな彼らを少しだけサポートできたら、それ以上の幸せはないから。

「君のそういうところが、前作主人公のようだと私は思うのだが？」

「……言われてみると、そうかもしれない」

そう言われると、全《まった》く以《もっ》て否定できないのだが。

しかし、そんな俺と同じように、楽しげにファイトする客を眺める君も、大分前作主人公らしくなってきたと思うぞ？　ダイア。

そうだ、この光景は俺にとって絶対に失いたくないもの。

かけがえのないものだ。

だから――

何があっても、それを守るのだ。

そう、心の中で誓うのだった。

5 Q．店長の使うデッキって？

この世界には無数のカードがある。

その種類は前世における全てのカードゲームのカードの種類と比較しても、なおこちらの世界のほうが多いかもしれない。

なにせ、この世界にいる人間一人一人の使うデッキで同じものは一つとしてないのだから。

敢《あ》えて他人のデッキをコピーしたり、他人から譲り受けたデッキを使うでもない限り。

この世界では一人につきデッキは一つが基本である。

言うなれば、デッキはその人間の個性そのものというわけ。

時折、複数のデッキを使い分けるファイターもいるが、そういうファイターは〝使い分ける〟ことが個性と言える。

じゃあ、なぜそんなことが起きるのかと言うと、相性の問題だ。

なんとこの世界、人とカードに相性があるのである。

その相性に従ってカードを集めると、自然と本人の特性にあったデッキが完成してしまう。

なんとファンタジーなことか。

まぁ、カードゲームの世界ってそんなもんだよね。

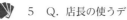

5　Q. 店長の使うデッキって？

もちろん、集まったカードからどういうデッキを組むのかは本人次第。

更には、相性というのは常に変化する。

最初に集めたカードとはまったく別の種類のカードとの相性が〝成長〟することもあるのだ。

本人の心境の変化や、考え方の成長に応じて。

具体的な話をしよう。

ちょうどそれは、俺が夜刀神《やとのかみ》の事件に関わって少し経った日のこと。

とある平日の午後に、熱血少年のネッカが一人でショップを訪れた時のことだ。

「いらっしゃい、ネッカ。今日は一人か？」

「……そーだよ」

熱血少年のネッカ、ツンツン髪と二色の独特な髪色が特徴的な少年。

如何《いか》にも主人公といった様子の元気印は、しかし何故《なぜ》だかむくれた様子で。

どうも、他の友人が自分をのけ者にしているそうで、それが気に入らないのだと言う。

「アツミやタツヤはともかく、クローまでのけ者にするって、どういうこったよ」

「……ふむ」

俺はすぐにピンと来た。

今日は目の前のむくれる熱血少年の誕生日である。

おそらく、彼らは誕生日会の準備をしているのだ。

アツミ――ネッカの幼馴染《おさなじみ》で、ホビーアニメによくいるヒロインポジの女の子――が考えそうなことだ。

そこまで考えて、俺は時間稼ぎをすることにした。

「まぁ、人生色々、そういう時もあるさ。そうだ、せっかくだし俺とファイトしないか？」

「店長と？」

普段ならすごい勢いで食いつくだろうが、今日は大人しい態度でネッカが聞き返す。

気分が沈んでいるからだろうな。

しかし、ネッカはイグニッションファイトバカ、一度でもファイトに集中すればすぐ元通りだ。

それに、落ち込んでいても挑まれた勝負を断るタイプではない。

「今は人もいなくて、フィールドも空いてるしな、どうだ？」

「やる。やるよ、店長。今日こそ店長に勝ってやる」

そうして二人でフィールドに立ち、

「イグニッション！」

俺達は、ファイトを始めた。

「俺の先行だ。俺は〈古式聖天使《エンシエント》　プロメテウス〉をサモン」

ついでに俺の使うデッキも説明してしまおう。

俺のデッキは「古式聖天使《エンシエント》」モンスターを中心にしたもの。

名前の通り天使モチーフのデッキで、ビジュアルは概《おおむ》ね「水晶《すいしよう》でできた天使」で統一されている。

俺はその後もモンスターを展開し、最終的にエースモンスターを呼び出す。

「現れろ！　〈大古式聖天使《エンシエントノヴァ》　ロード・ミカエル〉！」

大型の古式聖天使《エンシエント》は頭に大がついて、名前もエンシェントノヴァになる。

そしてロード・ミカエルは俺の代名詞とも言えるモンスター。

その効果は味方を相手プレイヤーの干渉から守りつつ、攻撃力を上げるというもの。

――デッキとは、鏡のようなものだ。

ファイターの人間性を映し出す鏡。当然、使うモンスターにも性格が出る。

俺のロード・ミカエルは言うなれば壁、相手の実力を引き出すための障害である。

つまり俺は、相手の全力が見たいのだ。

この世界には無数のカードがあり、俺でも知らないようなカードが山程ある。

それを、直接この眼《め》で見たいと思うのは果たして悪いことだろうか。

……こないだのダークファイトはなんだって？

アレはいいんだよ、ダークファイトなんて危険なファイト、やらないに越したことはないんだから。

ついでに言うと、神の宣……ごほん、〈ゴッド・デクラレイション〉は天使と関わりのあるカードだ。

だから、俺は的確なタイミングで宣告を打てるわけだな。

ただ、一つ大事な点がある。

5　Q. 店長の使うデッキって？

カードとの相性というのはその時のテンションにすら左右されるということだ。

ダークファイトで敵を倒す時と、今のような普通のファイトではファイトに対するモチベーションが異なる。

今のようにファイトを楽しもうとする時、ダークファイトの時ほど的確に宣告はドローできない。

こういうところも、カードとの相性の一つである。

「へへ、出たなミカエル！　だったら次は俺の番だ！」

そうして、熱血少年ネッカがターンを迎える。

彼のデッキは「バトルエンド」モンスターデッキだ。

「俺は〈バトルエンド・ウィザード〉をサモン。エフェクトで互いのデッキの一番上をモンスターが出るまでめくる！」

特徴は、この召喚時にモンスターが出るまでデッキをめくらせる効果。

モンスター以外のカードはデッキの下に行くが、モンスターが出た場合は必ずセメタリーに送られる。

つまり、召喚時に必ず一枚モンスターをセメタリーに送れるデッキというわけ。

そして、セメタリーに送られたモンスターが効果を発揮《はっき》することでアドバンテージを稼ぐのだ。

ただ、本質はそちらではない。

「モンスターが出た場合、モンスターのレベルを比べるぞ！」

つまるところデュエマのガチンコジャッジだ。

そして勝利した場合にも効果を発揮できる。

このデッキは、ネッカ少年が特大の負けず嫌いだったことで完成したデッキだ。

ネッカは負けることが嫌いで、勝つための努力を怠らない少年だ。

それがこうして、「バトルエンド」モンスターとして表現されている。

「レベルは……5だ」

「こっちは8だよ、残念だったな」

「ちぇ……でも、まだまだ！」

しかし、そんな「バトルエンド」モンスターには弱点がある。

めくられたモンスターは〝お互いに〟セメタリーへ送られるのだ。

モンスターがセメタリーに送られるのはこっちにとっても利点である。

クール少年のクローが操る「蒼穹《そうきゅう》」モンスターは墓地利用に特化している。

エースモンスターが死神《しにがみ》だからな、死を操るようなイメージだ。

結果、ネッカのデッキはクローと相性最悪、出会った当初ネッカはクローに全然勝てなかった。

しかし、ネッカはとある事件で成長し、考えを改めた。

負けたら、もう一度勝つためにやりなおせばいいという精神を身に着けたのだ。

負けず嫌いな少年が、たとえ今負けてしまったとしても、次に勝つために努力する精神を手に入れた。

結果――

「相手のセメタリーのモンスターを相手のデッキに戻して、〈ハイパーバトルエンド・ドラゴンΩ〉のエフェクトを発動！」

彼の新たなモンスター群、「ハイパーバトルエンド」モンスターは、相手のセメタリーのモンスターを利用するようになったのだ。

このように、この世界の人々は心境の変化などで相性のいいカードを変化させることがある。

で、相性の良いカードでデッキを組むとどうなるかというと。

そうでないカードでデッキを組む時より、明らかにドローの質が良くなるのだ。

よっぽど運が悪い人間じゃなければ、ハイランダーでデッキを組んでも事故らなくなるほどに。

さて、話を目の前のファイトに戻そう。

ファイトはネッカ少年有利で進む。

最終的に、彼の現在の最強カード「バトルエンド・ラグナロク・ドラゴン」まで登場。

俺は窮地《きゅうち》に立たされるが――

「これで終わりだ、〈バトルエンド・ラグナロク・ドラゴン〉のエフェクト！」

「それは通さない！　カウンターエフェクト！」

俺は、トドメとして使われたネッカ少年のエフェクトをカウンターエフェクトで無効にした。

カウンターエフェクトというのは、モンスターカード以外のカードを指す。

遊戯王《ゆうぎおう》で言う魔法・罠《わな》、デュエマでいう呪文だな。

「げ、店長相手にトドメ刺しきれなかった……エンドだ！」

「惜しかったな、けれど……これで終わりだ」

俺はカードをドローして、勝利までのルートを組み立てる。

ここまで、熱戦だったせいで大分長引いてしまった。

結果、お客さんがかなり集まってきていて、俺とネッカのファイトを楽しそうに眺めている。

カウンターでは二階から下りてきたらしい店員がこっちに呆《あき》れた視線を向けつつ接客をしている。

休憩中だったのに大変申し訳ないので、ここでファイトを終わらせよう。

――俺のファイトスタイルは、壁モンスターで相手の実力を引き出すこと。

だが、それでは俺が勝利できない。

実力を引き出すことは、あくまで勝負の駆け引きに過ぎない。

本質は、相手の全力を引き出した上で、それをこちらの全力でねじ伏せることだ。

それと、もう一つ。

「現れろ！　〈大古式聖天使《エンシエントノヴァ》　パストエンド・ドラゴン〉！」

俺のフィールドに、バトルエンド・ドラゴンによく似たドラゴンがサモンされる。

どういうわけか、俺の「古式聖天使《エンシエント》」モンスターには、他のカテゴリーのモンスターによく似たモンスターが存在することがある。

　エンシェントの名と合わさって、まるで俺がかつてそのカテゴリーに縁があったかのようだ。

　そして。

　最終的に、パストエンド・ドラゴンの能力で俺はファイトに勝利した。

　ネッカ少年はといえば、自分がこれまでイグニッションファイトを通して手に入れてきたエースをフル活用したバトルで、過去を顧みられたようだ。

　なんというか、これでこのまま家に帰って誕生日会で祝われたら、いい感じに〆《シメ》られそうだよな、と思う。

　パストエンドといい、こうやって俺とのファイトが相手に自分の反省点を見つめ直すきっかけを与えるようなものだったりすることといい。

　こういうことばかりしてるから、俺は周囲からの前作主人公扱いを否定できないのではないかとも、思うのだった。

　TIPS：パストエンド・ドラゴンにはカード名を「バトルエンド」モンスターとしても扱う便利効果がある。

6 モンスターが店員とかいうお約束

カードショップ〝デュエリスト〟には俺以外にもう一人店員がいる。

というか、定休日が月に一日しかないこの店は二人いないとどう考えても回らない。

コンビニとか、普通に店長がワンオペでずっと回してるとかあるけど、俺はどうかと思いますよ！

脱線した話を戻して。

俺の店のもう一人の店員。

名前はエクレルール。

呼びにくいからか、普段はエレアと名乗っている彼女は――人間ではない。

色素の薄い肌色と、銀髪。

少し癖のある髪を一つ結びで首元から前に垂らした髪型。

髪を結んでいるシュシュは、本人のお気に入りだそうだ。

背丈は百五十あるかないかの小柄さで、小動物のようだが本人は体型の割に出るところは出ていると言い張っている。

まぁ実際、無いわけではないが、そこを指摘するのはセクハラなので俺は黙るのであった。

可愛《かわい》らしい少女だ。

目は常に眠そうだし、表情は無愛想極まりないが。

それを補って余りある美貌《びぼう》は、間違いなく絶世。

その正体はモンスターである。

前世でもカードの精霊《せいれい》だとか、フレーバーテキストのストーリー内でだとか。

そういったものでモンスターがキャラとして登場することはままあったものの。

この世界でも、そういう例は数少ないが存在する。

エレアはその一人というわけだ。

まぁ、今は普通にこの世界で人と同じように暮らしているが。

「というわけで、エレア。レンタル用のデッキが組めたからテストに付き合ってくれ」

「えー、今ソシャゲの周回で忙しいんですけど」

「仕事中に何言ってるんだ」

「客が来てる時に言ってくださいよ、それ」

今、俺達は客の入っていない開店直後の〝デュエリスト〟で暇を持て余していた。

今日は平日、しかも大雨。

そんな日の昼頃にやってくる客なんているわけもなく。

閑古鳥《かんこどり》が鳴いている店内に、いるのは俺とエレアの二人だけ。

暇に飽かしてバックヤードでソシャゲの周回をしているエレアを呼び出して、先程から組んでいたレンタル用のデッキのテストをする。

文句を言いながらも、なんだかんだ誘われたらホイホイファイトに付き合うあたり、エ

レアも暇だったんだろう。

基本的に面倒くさがりだが、人恋しさに耐えられないタイプだ。

「っていうか、レンタルデッキって意味あるんです？　無駄に揃《そろ》えてますけど、借りられてるところ見たこと無いんですけど」

「案外借りられてるぞ、ダイアとか基本レンタルデッキしか使わないからな」

「あの人は……まぁ、それくらいしないと他の客と戦えませんし」

ダイアに限らず、お忍びでこの店にやってきている強いファイターは、レンタルでデッキを借りることがほとんどだ。

けど、普通はレンタルデッキは需要《じゅよう》がない。

前にも言ったカードとの相性の関係で、自分のデッキと比べてあまりにも使いづらいからだ。

逆に言えば、ちょうどいいハンデになるし、自分のデッキ以外のデッキに触れるのはいい経験になるから実力者には好評だ。

それと、なぜか時折やってくる不審者の中には、レンタルデッキを使う俺とファイトしたいなんていう連中もいる。

頼まれたらそのリクエストには応えているが、一体どういう需要なんだろうな？

俺のことをガチデッキ使いの裏ボスとでも思っているのだろうか。

「単純に、俺が組みたいからやってるんだよ。この世界には色んなカードがあるからな。デッキを組むだけでも一苦労だ」

「まぁ、うちの自慢のストレージですら、同じカードは二枚ないってレベルですしね」

前世の俺は、どちらかというと色々なデッキを組むタイプだった。

組んでは崩してを繰り返すから、常に大量のデッキを抱えているわけではなかったが。

それでも、だいたい十個くらいはデッキを用意していた。

だが、この世界ではそうも行かない。

あまりにもカードの種類が多すぎて、一つのカテゴリのカードを集めるのも一苦労。

うちのストレージには万単位でカードが眠っているが、その一つ一つが全て別の種類なのではないかというくらいだ。

だから、こうしてレンタルデッキを組もうにも、必要なカードを集めるのには時間がかかる。

「普通に、美品のカードを使えばもう少し早く組めるとは思うんですけど」

「美品のカードは商品だから、俺の趣味で使えるわけ無いだろ」

レンタルデッキは俺の趣味で組んでいるデッキだ。

なので、ちょっと傷があったりするカードだけで構成されている。

実はこれがまた面倒な縛りで、そもそもこの世界のカードは頑丈《がんじょう》で傷がつきにくい。

投げて拳銃（型イグニスボード）を弾いたりできるからな。

それはそれとして、お互いカウンターに備え付けてあるテーブル用フィールドにデッキを置いて。

「それと、私手加減できないんですけど、本当に私がテスターでいいんですか？」

「なんとかなるさ、やろうやろう」

「はーい」

なんて、話をする。

手加減ができない。

それは彼女がモンスターだからだ。

だってそうだろ？　彼女のデッキには、彼女自身がカードとして入っている。

人とカードとの相性という意味で、彼女に勝る存在は同じモンスターしかいない。

結果、エレアは手加減ができないのだ。

加えて言えば——

「——イグニッション」

そう口にした途端、エレアの雰囲気が激変する。

先程までのダウナー系小動物の姿はどこにもなく、そこにいるのは——一人の戦士の姿だった。


エレア、エクレルール。

彼女の故郷は、モンスターがイグニッションファイトをして暮らす異世界だ。

異世界といっても、今俺が暮らしている世界は、複数の異世界と繋《つな》がっている。

その種類は様々だが、共通点が一つある。

それらの異世界では、イグニッションファイトが行われている。

異世界ファンタジーの世界でも、宇宙ＳＦ的な世界でも、そして何よりモンスターが暮らす世界でも。

イグニッションファイトが行われている。

例外もある。

いわゆるフレーバーテキストの世界だ。

カードのモンスターが、物語を紡ぐ世界。

そういう世界では、モンスター同士が直接争っている例もある。

ただ、そういう世界のモンスターも、こっちの世界と繋がったら大抵はカードに憑依《ひょうい》したりしてイグニッションファイトに関わる。

俺の前世――イグニッションファイトがない世界とは、繋がらないのが原則。

エレアの故郷は、イグニッションファイトの強さが全ての野蛮《やばん》な世界。

ファイトに負けたファイターは、勝ったファイターに全てを捧《ささ》げなければならない世界。

そこで両親がファイトに敗北したことで、エクレルールは、その世界で最も強大な国である〝帝国〟にその身を赤子の頃に売り渡され、兵士として育てられた。

ただし、その階級は一般兵。

特別なところは何も無い、弱者側の存在だった。

結果、彼女は偵察兵《ていさつへい》に選ばれたのである、俺達が今暮らしている世界を攻めるための偵察を目的として。

――そして、偶然この世界にやってきた直後に遭遇した俺とファイトして敗れ、偵察兵としての身分を剥奪《はくだつ》された。

負ければ存在価値がないとされる世界のルールでは、負けたら偵察兵でなくなるのは自然なことだ。

だが、困ったのはエクレルール本人である。

普通なら、その後は勝った相手に自身の所有権が移る。

しかしここは異世界、勝ったのは別にエクレルールの所有権とかいらない俺である。

結果、エクレルールは普通の人間としてこの世界で暮らすことになった。

この世界、そういうモンスターが人として暮らす例も、それ用の制度もあるからな。

なぜかエレアの保護者が俺ってことになってるけど。

できれば、ちゃんとした施設で預かってほしかったんだがな？

なお、その帝国からは、その後一度だけ別の奴《やつ》がこっちの世界にやってきた。

まぁそいつをファイトで倒したら、向こうの世界に帰っていったので問題はないだろう。

それ以来、帝国からの侵略はないらしい。

異世界のファイターを警戒して侵略を諦めたんだろう。

結果的に俺は、またしても大事件に関わる機会を潰してしまったな。

反省すべきは、こちらの世界のファイターをバカにされてカチンときて、エレアが見ているにもかかわらず封殺《ふうさつ》戦法をとってしまったことだな。

アレ、あまりにも対話拒否すぎて人前では使いたくないんだけど。

ま、今はそんなことはいいだろう。

「……〈帝国の尖兵《せんぺい》　エクレルール〉、エフェクト……」

「悪い、〈ゴッド・デクラレイション〉だ」

今はレンタルデッキのテストだ。

まぁ、レンタルデッキに入れていた汎用札《はんようふだ》がエレアのキーカードにぶっ刺さってしまったところなんだが。

エレアが、戦士の目つきからダウナーないつもの状態に戻る。

「……あの、店長の汎用札が強すぎて、レンタルデッキのギミック使う前にこっちが負けるんですけど⁉」

「他にいれるカードがなかったんだよ……！」

やいのやいの。

やはり、エレアはこっちのほうがエレアらしいな。

などと思いつつ、雨の降る平日の昼下がりを、俺達は過ごすのだった。

ＴＩＰＳ：モンスターがこの世界にやってくる例は稀《まれ》だが、やってくるという事実は普通に知られている。

元敵キャラ兼ヒロイン、エクレルールの場合

私、エクレルールは帝国の尖兵、偵察兵として生まれた。

否、生まれてすぐに私の権利が帝国に譲渡された。

よくあることだ。

弱者しかいない村の住人は、毎日の食事すら困るのが当然の世界。

ファイトの敗者として子供の権利を譲渡することで、口減らしをするなんてことは日常茶飯事。

そんな世界で、私は生まれた。

幼い頃から兵士としての生き方だけを叩《たた》き込《こ》まれた。

それが普通だと思っていたんだ。

転機が訪れたのは、今から数年前。

帝国はついに、世界制覇を達成。

この世界に敵はないものとした。

次なる敵は〝異世界〟。

予《かね》てより研究されていた異世界侵攻技術により、私達は異世界を侵略する。

そう聞かされていた。

そして、その最初の尖兵として私が選ばれたのである。

目的は調査と採取。

異世界のファイターに勝利し、その権利ごと身柄を持って帰るというものだった。

私達の世界で帝国に勝てるものはいない。

だが、異世界でもそうだとは限らない。

そこで異世界のファイターのレベルを測るため、サンプルを採取する必要があったのだ。

結果、私は異世界で最初に遭遇した人間にファイトをしかけ――敗北した。

ただまぁ、それ自体は別に帝国も予期していなかったわけではない。

私は所詮《しょせん》一兵卒、いくらでもいる使い捨ての駒に過ぎない。

多少敗北したくらいで、問題はないと帝国は判断するだろう。

一つだけ、誤算として。

私は負けた――完敗だった。

実力差があまりにもありすぎたのだ。

そりゃそうだ、相手は〝デュエリスト〟店長、棚札《たなふだ》ミツル――この世界で最も強いファイターの一人なんだから。

結果、どんな誤算が生まれたか。

帝国のトップ、皇帝カイザスが店長に興味を持ったのだ。

皇帝カイザス、帝国の長《おさ》にして私達の世界で最も強いファイター。

だからこそ、強者《つわもの》との戦いをカイザスは望んでいた。

世界を制覇し、敵のいなくなったカイザスにとって、異世界の強者とは喉から手が出るほど欲しい玩具《おもちゃ》だったのだ。
だから、つまり。
ええと、あれだ。
私が敗れた後、こちらの世界にもう一度だけ帝国は侵略した。
店長はその侵略者と戦い勝利し、侵略者を追い返した。
でも、その。
店長はそいつを、私の上司……私よりちょっと偉い程度の木端《こっぱ》だと思っている。
違うのだ。
彼が、彼こそが――皇帝カイザス。
店長は、そのことに気付かず、カイザスを倒してしまったのである。
ええと、つまり、その、あれだ。
店長は自分が大きな事件に関わることができないと思っている。
だけど、違う。
その認識は間違っている。
いや、完全に間違っているということもないけれど、間違っている時もある。
実際に、店長は色々な偶然が重なって事件とすれ違ったことは多々あるし。
店長のすれ違い体質は、それ自体は本物なのだろうけど。
事件になる前に、解決してしまうという例もあるというだけで。
そのことに気付いているのは、きっと私だけだろう。

だって、店長がダークファイトで敵を倒すところを見たことがあるのは、私しかいないからだ。

普段、店長は相手の全力を受け止めた上でそれに対して全力で応えるファイトをする。リスペクトファイトだ、とか店長は言っていたけれど。

まぁ、概《おおむ》ねそんな感じの戦い方。

でも、ダークファイトで店長はそういう戦い方をしない。

相手の初動を潰して、行動を許さない戦い方をする。

そうすると、相手のエースを見ないままファイトが終わるものだから、店長は相手を雑《ざ》魚《こ》だと勘違いしてしまうのである。

まさか今のが、敵の黒幕だったなんて気付くはずもない。

そんなことが、世界の裏側で何度か起きているようだった。

ちなみに、表舞台でのリスペクトを重視する戦い方と、世界の裏側での相手の行動を許さない戦い方。

どちらが強いかと言えば、どちらも同じくらいだ。

どういうことかと言うと、カードとの相性の問題である。

カードと人の相性は、精神面の影響を受ける。

だから、表舞台で店長がファイトをする時、相手の行動を許さない戦い方は、そもそもできないのである。

店長自身がそれを望んでいないから。

仮にできたとしても、裏側で戦ってる時ほどの実力は出せないだろう。

逆に、裏側でリスペクト重視の戦い方をしても、全力は出せない。

なんでってそりゃ、店長は裏側で相手を封殺する時、メチャクチャキレてるから。

皇帝カイザスとの戦いの時、カイザスは店長の世界をバカにした。

退屈で、つまらない、何の価値もない世界だと。

こんな世界で店長のような実力者を腐らせるのは冒瀆《ぼうとく》だ、と。

当時の私はまだ知らなかったけれど、そんな言葉は店長にとっての地雷そのものだ。

結果、私達の世界で最強だった存在。

私達の世界を、強者こそが絶対であるという世界に変えてしまった張本人は——

手も足も出ないまま、店長に敗北した。

店長の封殺戦法と、カイザスのデッキが致命的なくらい相性が悪かったというのもあるだろう。

カイザスのモンスターは、サモンさえしてしまえば無敵と言えるほどの能力を誇る。

だけど、店長はそもそものサモンさえ許さないのだから。

そうしてそれから、私は店長のもとで普通の人間として暮らすことになった。

私はモンスターだけど、自分と同じ見た目のカードが存在すること以外は店長の世界の人間と生態は変わらない。

成長もするし、子供も作れる。

当たり前に生きていい存在なのだから。

まぁ、そう思って生活したら、思った以上にこっちの生活に馴染《なじ》みすぎたきらいはあるけれど。

私って、こんなにぐうたらな人間だったんだな。

カイザスが敗れた後の故郷がどうなったかは、正直わからない。

こっちの世界にとって、向こうの世界は無数にある異世界の一つでしかない。

行き来したのは私とカイザスだけだったから、座標も定かではなく行き来しようもない。

ただ、私がこちらの世界で落ち着いてからしばらくして、枕元に一枚の写真が〝転移〟してきたことがある。

それは崩壊した帝国の城下町で、人々が活気に満ちた生活を送っている写真だった。

おそらくだけど、カイザスという帝国の柱が敗れたことで、帝国は急速に求心力を失った。

結果、革命が起きたのではないだろうか。

写真を送ったのは、私がこの世界に送られたことを知っている元帝国兵あたりか。

どちらにせよ、彼らにこの世界を攻撃する意思はなく、今を懸命に生きていることだけはわかった。

それで、十分だ。

ただそれとは別に一つ、気になることがある。

この世界の古い伝承を、私はある時ネットで知った。

マイナーな伝承で、店長も知らないようなものだった。

ただ、その内容は興味深いもので。

世界に回避できない災厄《さいやく》が訪れた時、神は天の御遣いを伴った使者をこの世界に遣わせる、というものだった。

使者はこの世界を慈しみ、この世界を脅《おびや》かす災厄を許さない。

とのこと。

ふと思ったんだけど、これ。

店長のことじゃない？

そう思った時、思わずゾワッとしてしまった。

だって、そうとしか思えない情報が多すぎる。

店長のデッキは「古式聖天使《エンシエント》」デッキ。

天使はすなわち、神の御遣い。

その力を操る店長は、神がこの世界を守るために送り込んだ使者。

この世界の〝楽しい〟ファイトを愛し、この世界を〝壊す〟ファイトを許さない。

まさに店長そのものだ。

そして何より、「悪魔のカード」。

この世界に存在する、世界の闇を司《つかさど》る象徴だ。

これを使ったファイトで敗北すれば魂《たましい》をとらわれる。

私達の世界のように。

だけど、「悪魔のカード」は見方を変えれば安全装置でもある。

だって悪魔のカードに敗北しても、その悪魔のカードを作り出した存在さえ倒せば、とらわれた魂は帰ってくるのだから。

私達の世界では敗北して、奪われた権利が戻ってくることなんてありえないのに。

そんな「悪魔のカード」。

悪魔とは、すなわち「天使」と対になる存在。

果たして、古式聖天使《エンシェント》はそれと無関係なのだろうか。

実際、店長が始まる前に潰した敵の侵略は、悪魔のカードを介さないものが多かった。

もしも店長が神の選んだ使者ならば、彼にはそういう「運命力」が働いているのだろう。

つまり、逆に言えば彼の「運命力」は悪魔のカードに関するものを意図的に無視しているわけだ。

いくら悪魔のカードによってとらわれた魂は、相手を倒せば戻って来るとしても。

それによって発生した心的外傷は決して元通りにはならないというのに。

理由は明白、生命さえ残っていればまたやり直せるから。

たとえどれだけ、悪魔のカードによってひどい目にあったとしても、やり直すことはできる。

悪人だってそうだ、悪人も黒幕が敗れれば戻って来る。

そうしたら彼らはネオカードポリス等によって逮捕され、正当な裁きを受けるわけだ。

まぁ、私みたいに事情を考慮されて許される人もいるけど。

そうやって、やり直すことのできる災害は、いうなれば「試練」だ。

天使とは人に試練を与えるもの。

乗り越えられる試練を与えるために、敢《あ》えて天使は悪魔のカードを残した……というのが私の推測だ。

そしてきっと、このことに気付いているのは私しかいない。

人々は、店長が裏で残虐《ざんぎゃく》ファイトを繰り広げていると知らないし、店長は自分が倒している敵の中に黒幕が混じっていることを知らない。

私はこのことを――黙っていることにした。

だって結局は私の推測でしかないのだし。

何より、それを他人に明かしたところで一体誰に何のメリットがあるの？

デメリットだって無いけれど、メリットも正直ほとんど無い。

後単純に、店長に話しても「そうだったのか」で流されそうだし。

この推測が正しいなら店長って、いわゆる転生者的な存在なわけでしょ？

その理由付けがされるだけだから、彼にとってこの事実はそこまで重要なことじゃない。

だったら、別にそのままでいいじゃない。

何より、もう一つ。

私が店長の秘密――残虐ファイトのこと――を知っているというのは、私と店長だけの秘密だ。

だったら、秘密のままにしておきたい。

なにせ、その秘密は、私と店長を繋ぐ大事な糸でもあるのだから。

あの時、店長が本気でこの世界のために怒っている姿を見た時、私の人生は始まった。

あの姿に憧れたから、私は店長と一緒にいることを選んだ。

その大事な糸は、私の胸の奥で、大事な灯火《ともしび》へと繋がっている。

それを手放すことなんて、今の私には到底できそうにはなかった。

——後、これは余談なんだけど。

仮に、もし仮に、だ。

店長の封殺戦法を乗り越えられる敵が現れたら、どうなるだろう。

それってまずいんじゃないかと思うかもしれないが、店長にとって封殺戦法は裏の顔。

本領の半分でしかない。

もし、その半分で抑えきれない相手が出てきたら、店長はもう半分の本領を発揮《はっき》するのではないか。

どういうことかと言うと、こうだ。

店長の封殺戦法を死にものぐるいで乗り越えたと思ったら、今度は店長のリスペクト重視——相手の全力を全力でねじ伏せるスタイルによって踏み潰される。

ありそう、とてもありそう。

だって店長、どれだけ許せない相手でも、封殺戦法を乗り越えられたら〝燃えそう〟なんだもの。

相手のこととか無視して、楽しくなっちゃうに違いない。

もしそうなったら——私は、きっと相手に深い同情を抱くしかないんだろうなぁ。

ＴＩＰＳ：店長の現行最終エースは〈極大古式聖天使《フルエンシエントノヴァ》　エクス・メタトロン〉。

7 カードゲーム第一な世界でのカードゲット方法

この世界のカードの種類が膨大すぎるという話は前にしたが、じゃあどうやってファイターはカードを集めているのだろうか。

方法はいくつかある。

一つはパックを買ったり、ストレージを漁《あさ》る方法。

つまり前世と同じ方法だ。

コレに関しては特に言うことはない。

ただ、この世界は人とカードの相性があるので、パックを剝《む》くと相性の良いカードに偏ったりする。

ストレージは流石《さすが》に人の手が入ってるので、そういうことはないけど。

もう一つは拾ったり、譲られたりする。

カードは拾った。じゃないけれど、この世界には割とそこら中にカードが落ちていたりする。

落ちている原因は、ファイターがカードを捨てたから――じゃない。

いつの間にか落ちているのだ。

そういうカードは、見つけたら見つけた人間のものにしていいという法律がある。

中には、そういうカードを集めてショップに売って生計を立てている人間もいるな。

ちなみにもし同時に複数の人間が同じカードを見つけた場合はファイトで所有権を決めること、という法律もあるぞ。

譲られる……に関しては特に言うことはない、文字通りの意味だ。

最後は、作ったりいつの間にかデッキに加わっている、だ。

カードは創造するもの。

じゃないけれど、ファイターという人種は気軽にカードを作りがちだ。

中には、いつの間にか所有している場合もあったりして、何かと謎の多い入手経路である。

ちなみに俺はといえば、基礎となる「古式聖天使《エンシエント》」カードは前世の記憶を取り戻した時から持っているものだ。

物心がついた直後なので、両親がお祝いにくれたカードの中に混じっていたんだろう。

そして今は――


カードショップ〝デュエリスト〟。

その広い店内で、お客がストレージを漁ったりフリーファイトをしたりしている。

中央のフィールドは未使用で、そのことからもわかる通り今はまだ人が少ない時間帯だ。

「店長、買い取りをお願いしたいのだけど」

「いらっしゃい、ヤトちゃん。また随分持ち込んだね」

「ええと……まぁ色々あって」

俺は今、カードの買い取りをしている。

相手はヤトちゃん――夜刀神《やとのかみ》だ。

ハンドルネーム「ヤトちゃん」、闇札《やみふだ》機関は秘密組織なんだけど、いいんだろうかこれ……。

というか、自分からちゃん付けしているせいで、俺もヤトちゃんと呼ばざるを得なくて少し恥ずかしい。

エレアとかなら、気軽に呼べるのにな……。

事件が解決して以来、こうして俺の店に常連客としてやってきている。

お姉さんも無事に救出できて、全国大会には無事間に合ったそうだ。

まぁ、そのお姉さんが前にたまたま入荷したレアカードを即金で購入してったお嬢さんだったとは思わなかったけど。

「ただ、悪いことじゃないわよ？　色々っていうのも、お祝いみたいなもので」

「ああ、なるほど。組織に本格的に所属することになったんだ」

俺が組織と口に出したので、ヤトちゃんはびっくりして周囲を見渡す。

けど、この位置から俺達の会話が周囲に聞こえないのは、俺自身が一番わかっていることだ。

エレアも今日は非番で、確かさっき動画サイトで生配信をやってたから店舗に降りてく

ることもないだろう。

で、闇札機関に所属するということで、お祝いに色々カードをもらったんだろう。

多分、先輩達が持て余してた使わないカードとか。

もちろんそういうのはヤトちゃんも使わないので、売り払うしかない。

体よく売り払ってもらうために押し付けたな？

「それで今日は、休み？」

「学校が休みで、組織も非番よ。だからまぁ、せっかくだしと思って」

休みだからか、ヤトちゃんは私服姿だ。

黒髪ポニテの、中学生にしては大人っぽい体格の少女。

その衣服は、なんとびっくり黒を基調としたパンクファッションである。

もっとこう、腕にシルバー巻くとかさ！　って言いそうだ。

とはいえ、少女らしい可愛《かわい》さを残したガーリーな雰囲気もあり、よく似合っていると言えた。

少なくとも、ピアスとかはつけてない。

「んじゃあ買い取り査定するから、少し待っててくれ」

「……少し疑問なんだけど、ストレージのカードって売れるの？」

俺がカードを査定する間、ヤトちゃんはそれを眺めつつ聞いてくる。

もともと前世でもストレージのカードっていうのはそう売れるものじゃない。

その分数十枚で十円程度の相場で買い取りつつ、一枚二十円とかで売るわけだけど。

この世界では、輪をかけてストレージのカードは売れない。

買っても相性が良くないカードだと、単純に損だからだ。

もっと言えば、前世とこの世界のカードショップの収入源は大分異なる。

この世界でのショップの主《おも》な収入源は、様々だ。

フィールドの使用料とかな。

あれ、一回五百円かかる。

これは全国的な相場であり規定だ。

なにせ大抵の店はフィールドをレンタルしてるからな、俺の場合は自分で買い取ったものだから自由に使えるし、使用料も取る必要はないが。

そうするとダンピングになってしまうので、取らないわけにはいかない。

話はそれたが、ストレージのカードの必要性は単純だ。

存在することに意味があるのだ。

これはカードショップとて同じこと、カードを手に入れる手段としてカードショップは無視できない比率を占める。

それがなくなってしまったら、多くの人が困ってしまう。

「存在することに意味がある、か。エージェント機関も同じよね」

「まぁ、流石に大分数多いな……とは傍《はた》から見てて思うけど」

話をしながら査定を進める。

大抵は、大した値段にはならない普通のカードだ。

若干〈ゴッド・デクラレイション〉が多い気がするのは、どういう運命力なんだ？

と、俺は不意に手を止める。

「ん、これは……ヤトちゃん、このカード知ってる？」

「え、どれどれ？　……知らないカードだわ。おかしいわね、ココに持ってくる前、一度全部確認したはずなんだけど」

見つけたのは、ヤトちゃんすら知らないカードだった。

それは、どういうわけかヤトちゃんの持ち込んだカードに〝紛《まぎ》れ込《こ》んでいた〟カード。

「でもこれ、あれよね。店長の使う……」

「ああ、古式聖天使《エンシエント》モンスターだ」

正式名称を、〈大古式聖天使《エンシエントノヴァ》　ノースゼファー・サムライ〉。

いわゆる、俺の他人のそら似古式聖天使《エンシエント》モンスターの一種だ。

「なんでまた私の持ち込んだカードに紛れ込んでるの……」

「たまにあるんだよ、こういうの。だから見つけたら俺が私費で買い取るようにしてる。結構高値がつくぞ？」

「いいの？」

「まぁ、仮にも今この世界に一枚しかないカードだからな。どうしたってそれくらいはする」

――そう。

俺がカードを手に入れる手段は、これだ。

もっぱら買い取りの中に俺と相性の良いカードが紛れ込んでいるのである。

昔はカードを拾ったり、他人から譲られたりもしたのだが。

ショップを開いてから、俺がカードを入手する方法はこれ一択である。

聞くところによると、他のショップ店長もそうらしい。

中には、それを買い取るために金欠で大変な店長もいるそうだ。

結構店長も大変な商売である。

「にしても……何で私のカードから出てきたのかしら。このノースゼファー・サムライって、私と全然関係ないように見えるんだけど……」

「正直、関係はないぞ。マジで色んなところから紛れ込むからな」

誰のカードに紛れ込むかは、まったく関係がない。

だが、このカード自体には意味があるのだろう。

というか、アレだ。

サムライという時点で、いつぞやの謎サムライを思い出すな？

もっと言えば、あのサムライは「北風」モンスターを主軸にしたデッキを組んでいた。

ノースゼファー、北のそよ風でサムライ、関係がないわけがない。

というか、効果にきっちり「このカードのカード名は北風としても扱う」って書いてある。

このように、他人のそら似シリーズは、カード名を何として扱うかである程度関係する所有者を推測できる。

パストエンド・ドラゴンにも「バトルエンドとしても扱う」って感じで書いてあるしな。

「というわけで、査定出たぞ」

「ありがとう、どんなもんかし……ら……？」

で、査定が終わったので内容をヤトちゃんに見てもらう。

帰ってきた反応は……困惑だった。

「あの、店長、これなにかおかしく……」

「おかしくないぞ、正規の値段だ。まぁ、ほぼほぼノースゼファー・サムライの値段だが」

わなわなと震えるヤトちゃん。

やがて、その絶叫《ぜっきょう》が店内に響き渡った。

「買い取り百万超えるじゃない⁉」

視線が一斉にこちらへ向く。

それに、俺が問題ないと伝えると皆すぐにファイトやストレージ漁りに戻った。

民度の高いお客様だ。

それはそれとして、ヤトちゃんはどうやらレアカードの買い取りを経験したことがないらしい。

「でも、レアカードってのは基本こんなもんだぞ、この売買が結構ショップの売上として比重が大きいんだ」

カードショップの売上は、実のところレアカードの売買が大部分を占める。

骨董品店《こっとうひん》みたいな感じなんだ、この世界のカードショップって。

かくいう俺の店も、そんな感じだ。

「ね、姉さんに相談してくるわ！」

「ああ、行ってらっしゃい」

そう言って、ヤトちゃんはスマホを取り出しつつ店の外へ駆け出していった。

しかし、そうか。

ヤトちゃんはこれが初めてのレアカードの買い取りなら、あのことは知らないのか。

ヤトちゃんのお姉さんが買っていった例のレアカード、数千万するんだけど。

聞いた話だと、俺の店のレシートが一緒に棚の中に入っていたそうなのだけど。

多分、見たらヤトちゃんが卒倒すると思って、お姉さんが敢《あ》えてレシートから値段の部分を切り離したんだろう。

そんなヤトちゃんのお姉さんのレアカードは現在、ヤトちゃんのデッキの中に入っている。

大切にしてやってください。

ＴＩＰＳ：ある程度強いファイターなら、道端に落ちてた自分と関係のないレアカードを売払い、自分に関係のあるレアカードを買うなんてことも起きる。

8　店長火札剣風帖《けんぷうちょう》

この世界にはたまに世界観が違う奴《やつ》がいる。

代表例はこないだのサムライだ。

他には、ダイアがバトってたイグニッション星人なんかもそうだな。

こういう世界観が違う連中は、ぶっちゃけこの世界でも困惑されたりする。

何だったんだアレ……みたいに。

ただまぁ、だとしてもそれに対して後ろ指を指したりはしない。

なぜなら彼らだって、イグニッションファイトのファイターには違いないからだ。

大抵、イグニスボードは持ってるしな。

困るのは、こっちが向こうの世界に紛《まぎ》れ込《こ》んでしまう場合だ。

こちらの世界に向こうの住人が紛れ込んでくる場合はそういうもの、で流せる。

だが、向こうの人々にとって俺達のような異物はなかなか理解できない存在だろう。

というわけで、現在俺とエレアは――

「店長、見てくださいよ、あれ。サムラァイですよ」

時代劇みたいな場所にいた。

時代劇と言っても、まず真っ先に思い浮かべる江戸の街並みではなく、ちょっと発展した田舎町《いなかまち》って感じだ。

8　店長火札剣風帖

そう考えると、時代劇というより和風ファンタジーの世界というのが正しいかもしれない。

とはいえあちこちに、和装のサムライとかがいっぱいいる。

ここが現代の地方都市である「天火《テンカ》市」でないことは確かだろう。

「日本文化大好きな外国人みたいな反応をするな？」

「日本文化大好きな異世界人ですけど、ソシャゲと焼きうどんが大好きですけど」

「絶妙に変なジャンルを挙げるんじゃない」

エレアは、ダウナーながらも目を輝かせている。

この調子で話していると語尾にデースとかつけそうだ。

「っていうか、ここどこなんですか？　もしかして、異世界？」

「……いや、多分違うと思う」

周囲をキョロキョロ見渡すエレア。

異世界人としては、なんとなくシンパシーを感じるのだろう。

だが、俺はあることからそれを否定する。

「多分、ここは前に店に来たサムライと関係のある場所だ。つまりある程度行き来ができる」

「ほうほう」

「〝秘境《ひきょう》〟ってやつだな」

秘境、この世界にありながら、現代文明から隔絶《かくぜつ》した場所だ。

わかりやすい例は東方シリーズの幻想郷《げんそうきょう》。

カードゲームじゃないじゃん！

「ともかく、そういう場所は世界各地に色々とあるんだよ。確か、秘境との関係性維持を専門にしたエージェント機関もあったはずだ」

「へー」

興味がなさそうだ。

異世界じゃないとわかった時点で、興味がなくなったらしい。

こやつ……。

「あ、そうだ。ここで配信とかしてもいいんですか？」

「やっちゃダメなのわかって言ってるだろ？　秘境なんだから、一般人には秘匿《ひとく》されてる場所だよここは」

エレアは、店員をする傍《かたわ》ら配信者をしている。

というか、うちの店の広報の一貫として、配信業をしているというのが正しい。

土日の大会とかを生中継したりするのだ。

これが結構人気で、店には銀の盾が飾ってあったりする。

なお、店舗の大会をネット上で配信する行為は、この世界ではごくごく一般的なことだ。

ファイトとは素晴らしいもの、素晴らしいファイトは多くの人間に共有されるべき。

なんて考えが常識だそうで。

なので、大会配信に顔が映るくらいなら、誰だってそれが当然なので拒否することはない。

「自称一般人、みたいなこと言いそうな店長は秘境に詳しいですけどね？」

「俺は直接秘境のことには関わらないけど、秘境の人間とはなぜか頻繁に関わりを持つんだよ」

俺は直接関わらないけど。

先日のサムライもそうだ、なぜか秘境にも俺の名前が轟《とどろ》いていて、それを聞いて力試しに来る人間がいる。

で、そんなサムライに関係するカードを手に入れて数日後に、こうして秘境へ迷い込んだのである。

間違いなくあのサムライが関係しているだろう。

「んじゃ、まずはそのサムライを探したほうが――」

「て、店長殿!?」

と、エレアが口にしたタイミングで、声がした。

エレアがサムズアップをしている。

こやつ、説明が終わったと見るや進行のためのフラグを立てておったな？

「店長殿ではござらんか、どうしてここに!?」

自力で脱出を？

「ええと、買い物をしてたらいつの間にかこんなところに……」

「ははぁ……流石《さすが》は店長殿、奇っ怪な理由でござるな……」

「え、それでいいんですか？」

いいんだよ、異文化交流みたいなもんだし。

ともあれ、その後俺達はそのサムライ――風太郎《ふうたろう》というらしい――と話をした。

ちなみに、いわゆるサムライと言ってもちょんまげではなく、髪をかきあげて後ろでまとめているタイプのサムライだ。

爽やかなイケメンって感じになるよな、こっちだと。

ともかく、ここは「剣風帖」と呼ばれる秘境だそうで、ここには火札――イグニッションファイト――に生命《いのち》を懸けるサムライが住んでいるのだという。

「外に出たいなら、拙者《せっしゃ》が案内できるでござるよ」

「おお、ありがたい」

「短い秘境旅行でしたねぇ」

いや、まだ帰らないからな？

ここに来た以上、それには何かしらの意味があるからだ。

こういうことは、たまにある。

俺は大きな事件には巻き込まれないが、そんな大きな事件の、ちょっとした転換期には巻き込まれることがある。

それこそ前作主人公のように、誰かが迷っている時にそれを導くかのように……だ。

つまり今回は、

「その前に、風太郎。君はこの間俺の実力を確かめるために俺の店に来たんだよな？」

「え？　ええ、そうでござるが……」

「なら——ファイトしよう」

「……それは」

目の前のサムライ。

彼とのファイトがここに俺が迷い込んだ理由だ。

「君が、アレからどれだけ強くなったか、俺は知りたい」

しかし帰ってきた答えは……。

「申し訳ないでござるが、今の拙者にその資格はないでござるよ……」

辞退だった。

案の定というとアレだが、どうやら色々と落ち込んでいるようだ。

それから、風太郎は事情を語ってくれた。

どうやら風太郎は、この秘境を統治する武家の跡取りらしい。

そして、その次期当主として強くなるため外の世界で武者修行をしていたのだとか。

ただ、その結果彼は自分の道を見失ってしまったらしい。

「外の世界には、多くの強者《つわもの》がいたでござる。拙者は、そんな強者にも負けないと思っていたでござる。しかし……結果は」

「芳《かんば》しくなかった、と」

「拙者は、井《い》の中の蛙《かわず》でござるよ……」

ふむ、と考える。

こうやって思い悩むファイターは星の数ほどいる。

世界中全ての人間がファイターと呼べるこの世界で、強者でいられる人間は数少ない。

俺だって、この世界では〝強いファイターの一人〟でしかないのだ。

だからこそ、それに対する答えというのは、出すのが難しいところがある。

一番簡単な方法は、それでもムリを言ってファイトしてもらうことだ。

ファイトの中でこそ、人は本質を明らかにする。

きっと、ファイトの中で答えを見つけることができると思うのだが……。

「あ、じゃあちょっと、これを見てもらってもいいですか？」

そんな時、声をかけたのはエレアだ。

さっきから何やらスマホで探しものをしているようだったが、見つけたらしい。

内容は——エレア——というか俺の店の配信チャンネルのアーカイブ？

「いつだったかのショップ大会の、配信アーカイブです」

「それってもしかして……」

「はい、風太郎さんが店長とファイトした時のやつですね」

それを風太郎は、興味深そうに眺めている。

「あの、これは一体なんでござるか？」

「外の世界に武者修行に行った時、見ませんでしたか？　スマホっていうんですけど」

「外の世界のことは、境界師殿《きょうかいし》に任せていたでござるからなぁ」

境界師というのは、例の秘境との関係を維持するためのエージェント組織のこと。

正式名称は境界師組合。

で、エレアは風太郎にアーカイブを見せた。

すると、風太郎は驚いた様子でそれに食いついている。

「む、これは……拙者と店長殿の〝動画〟にござるか？」

「動画は知ってるのか？」

「境界師殿が見せてくれたでござる」

どうやらその境界師殿とは長い付き合いのようだ。

ともあれ映像の中でファイトが始まると、その視線は少しずつ変わっていった。

なるほど、これはどうやら正解だったようだ。

当時の風太郎は、なんというかギラギラしていた。

今の風太郎が忘れてしまったものを、持っていたのである。

「拙者は……かつてこのようにファイトをしていたのだな……」

そうこぼした風太郎は、

「店長殿のファイト、受けるでござる」

イグニスボードを取り出し、そう宣言するのだった。

ちなみに余談だが、こういう古い時代の秘境でも横文字は普通に使う。

境界師の人達に影響されたんだろうな、というのが俺の推測だ。

「いやー、帰ってこられましたね」

「ああ、食事、美味《おい》しかったな」

それから俺達は、風太郎とのファイトを終えて元の世界に帰ってきた。

なお、ファイトが終わった後、是非夕食をと言われて俺達は断りきれずご厚意に甘えることになり。

古式ゆかしい和風料理は、なんとも絶品であった。

「しかし、エレアがいて助かったよ。あの配信のおかげで、話がスムーズに進んだ」

「ふふん。私が同行した意味も、ちゃんとあったというわけですね」

そう言って、嬉《うれ》しそうにエレアが胸を張る。

実際今回のエレアは大手柄なので、色々ねだられたらそれに応えないとな。

「にしても……彼、めちゃくちゃ強くなってましたね」

「成長したからな、今回は勝てたけど……もし次があったら、絶対に勝てん」

なにせ、次に会ったら間違いなく彼は新しいエースを手に入れてたり、デッキを完成させてたりする。

そうなれば、間違いなく俺は負ける。

俺はこの世界の何よりも、販促という言葉に弱いのだ。

少なくとも俺の人生の中で、販促の都合が関わるファイトで勝てたことは一度としてない。

「それにしても……譲っちゃってよかったんですか？　〈ノースゼファー〉」

そういえば、とエレアが口にする。

ノースゼファー、先日ヤトちゃんから買い取った〈大古式聖天使《エンシエントノヴァ》　ノースゼファー・サムライ〉だな。

俺はアレをファイトで使用して、その後風太郎に譲り渡したのである。

「いいんだよ、あのカードは彼が使うべきだ」

「高い値段で買い取ったのに……」

「ソレは言わないでくれ」

流石に、値段で言われると考えてしまうものがあるから。

ただ、そういう高いカードでも他人に譲るというのはよくあることだ。

それがそういう〝運命〟ならば、なおさら。

何より、他にも大きな理由がある。

「なにせ、あのカードは……」

「あのカードは？」

小首をかしげてこちらを見上げるエレアに、

「……俺のデッキと、シナジーが薄いんだ」

多分、今回使ったら二度と使わないんじゃないかってくらい。

そして、風太郎の「北風」デッキにとっては、かなりありがたい強化になるカードだ。

俺が腐らせるくらいなら、彼に渡したほうがカードのためになる。

「……世知辛いですね」

「だな……」

そんな風に話をしながら、二人で帰路に就くのだった。

ＴＩＰＳ：秘境には他にもファンタジー世界風のものや、妖精郷《ようせいきょう》のような場所も存在する。
最近は境界師の存在もあって秘境の外に出る秘境出身者も多く、秘境内も近代化が進んでいる。

9　一般通過店長

エクレルールことエレア。

うちの店員であり、色々あって俺が保護することになった少女だ。

普段はショップの二階を住処《すみか》としており、実質ショップに居候しているような感じだ。

そういえば、前にも話したがカードショップは二階建ての施設である。

地元の空きビルを改装して造られており、二階には本来俺が暮らす予定だった。

まぁ、そもそも実家がショップのすぐ近くにあり、徒歩で通勤できる圏内にあるから俺は気にしていないのだが。

一応、エレアを実家で預かる案もあった。

俺の両親はエレアの境遇を聞いていたく同情しており、娘のように思ってすらいるのだが。

まず単純に、エレアが一人で大丈夫だと言ったこと。

それから、エレアがショップにいてくれると助かるということ。

最後に、もう一つ大きな理由がある。

ちなみにエレアがショップにいてくれると、何が助かるのかというと。

防犯の上で非常に助かるのだ。

元偵察兵《ていさつへい》であるエレアは、周囲の気配に非常に敏感だ。

もしも怪しい奴《やつ》が近くにいたら、間違いなく察してくれる。

それはつまり、夜に強盗とかがやってきたら叩《たた》き起《お》こされるということでもあるのだが。

エレアは夜型なので、そこも問題ない。

というか、エレアは大抵、夜遅くまで起きている理由がある。

そう、配信だ。

エレアが俺の実家で暮らすことを避けた理由。

それは、気兼ねなく人のいない環境で配信をするためだった――


その日、いまだ二階の明かりが灯《とも》ったままのショップにやってきた俺は、エレアが起きていることを確認する。

時刻はおそらく深夜零時少し前、結構な時間帯だ。

なんでそんな時間帯に俺がわざわざショップに来ているかというと、答えは単純。

スマホを忘れてしまったのである。

それも、二階のリビング――エレアが居住しているスペースにである。

何してたんだお前、と思うかもしれないが。

遅くまで店にいた日は、二階で飯を食べて帰るのが俺とエレアの定番だ。

今日もそんな感じで夕飯を食べて、家に帰って寝ようかというタイミングで思い出したのがこの時間。

それでいそいそとショップの居住スペースに戻ってきたわけだが。

そこで見たものは――


「ってわけでー、今日も配信始めていきましょうねー」


と、マイクに喋《しゃべ》りかけているエレアの姿だった。

どう見ても配信中である。

そこはリビングになっている場所で、エレアの自室ではない。

部屋の中央にテーブルがあって、ソファーがある。

テレビはそんなソファーからちょうどいい感じに鑑賞できる場所にあって、今はそこにエレアが配信機材を持ち込んでいるようだ。

配信するなら、普通自室でやるもんじゃないか？

「……なんで自室で配信してないんだ？」

「ててて、店長!?　なぜここに!?」

「いや、普通に音立てて上がって来ただろ……」

「ヘッドホンしてたら気付きませんよ!!」

よく見たら、テレビにはエクササイズ的なものをするゲーム画面が映っている。

なるほど、自室だとスペースが足りないからリビングでやってたんだな。

9　一般通過店長

「うわわわわ、コメントが大変なことに……」

「え、どうなってんの？」

言われて、リビングに放置されたままになっていた俺のスマホを拾って確認する。

ショップの配信チャンネルを開くと、そこには――

「スパチャめっちゃ流れてない？」

「店長が来るからですよー！」

そこには、大量のスパチャと「店長助かる」のコメントが。

何が助かるんだ、何が。

「何でこんなことに？」

「店長って実は人気あるんですよ？」

「いやいや、見た目は地味な普通の男だぞ」

髪型だって、一部の連中に比べれば大人しい。

一般ホビーアニメの登場人物程度の髪型である。

そんな地味な男のどこに人気が出るっていうんだ。

それでも結構特徴的？　そうだね……。

とはいえ普通、そういうのはダイアに人気が集中するもんじゃないのか？

……いやダメだな、あの不審者ルックが人気出たら逆にやばい。

視聴者が変態しかいないことになる。

まぁ、それなりに需要《じゅよう》ありそうだけど。

「む、し、ろ！　どうして人気が出ないと思うんですか！」

「えぇ……わからん」

「冷静に自分のポジション見直してみてください！」

そう言われて、振り返ってみる。

俺は棚札《たなふだ》ミツル、カードショップ〝デュエリスト〟の店長。

……以上、終わり。

「終わり……じゃねーんですよ！　店長のファイトによる人生相談、結構配信でも映ってるんですからね？」

「じゃねーとかいうエレア初めて見た……」

いや、でもそうか。

自分で言うのも何だが、俺はエレア曰《いわ》くファイトによる人生相談——言うなれば辻《つじ》前作主人公行為を働くことが非常に多い。

しょうがないじゃないか、会う人全員が、色々と悩んでたり道を見失ってたりするんだから。

ショップ大会の配信中にもそういうことが頻発するものだから、映像にそれが残っているのも不思議はない。

「落ち着いた雰囲気で、ファイターとしての実力も確か。いつも色んな人を教え導く先達。それが店長なわけです」

「めっちゃ熱弁するな……」

「すなわち、〝俺達の店長〟なんですよ、店長は！」

「お、おう。ありがとう」

と返したら、またスパチャが増えた。

ううん、人気があるということはわかったがしかし。

イマイチピンと来ないな……前世の頃から人前で目立つようなことをするタイプではなかったし。

この世界でも、基本的に俺はあまり前に出てこなかった。

評価されることに慣れてないから、むず痒《がゆ》くて仕方がないのだ。

「はー、店長ももうちょっと自分の人気に自覚を持ってもらいたいですね……」

「お、おう。善処する」

しかしあれだな、ここまでかしましいエレアは初めて見たかもしれない。

普段は、リアルでも配信でもダウナー系だからな。

ファイトしてる時は偵察兵だし。

それが今のエレアはどうだろう。

なんか、メチャクチャ俺の評価を語ることに熱が入っている。

エレアもオタクの端くれ、好きなことを語り出すと早口になる傾向があるもの。

そんな感じだろうか？

とにかく、エレアがいきいきしているのはいいことだ。

……なんでコメントがてぇてぇで埋まってるんだ。

いいのか、視聴者はそれで。

「ちなみに、店長も配信とかやってみません？」

「……こういうのは、レアキャラだから価値があるんじゃないか？」

「確かにです」

「それに、ショップ大会とかの配信では普通に声乗ってるしな」

配信……は、正直そこまで興味ないな。

店の広報用のＳＮＳアカウントも、エレアに一任してるし。

何よりエレアは、割とバランス感覚がいいからな。

確認しなきゃいけないことは逐一確認してくれて、炎上の心配もない。

ぶっちゃけ、俺よりインターネットが上手《うま》い。

「そうだ、今回限りの突発コラボっていうのは、よくないですか？」

「あー、配信を横から見てる感じか？」

「店長が運動してもいいですよ」

「俺はエレアと違って昼型の人間なんだ」

結構疲れてるんだぞ？　こんな時間に起きてることと言い。

とはいえ、せっかくこうしてエレアの配信に出くわしたんだ。

ちょっとくらいお邪魔してもいいだろう。

「というわけで、今日は店長がゲストにきてくれました。普段あんまり私の配信を見てくれないので、なんだか新鮮ですね」

「せめて、日付が変わる前に配信始めてくれないか？　そっちが配信してる時間帯、寝てるんだよ俺」

「私はこの時間が一番活動的になる時間なんですよ」

「夜ふかしは健康に悪いぞ」

「私は問題ないですよー」

……そういえば、エレアは人間ではなくモンスターだ。

人と同じような身体《からだ》の構造をしているけれど、人より頑丈《がんじょう》で寿命も少し長いらしい。

どれだけ夜ふかしとかで不健康な生活を送っても、将来に響いたりはしないそうだ。

ただし、食べすぎると太る。

じゃあ、なんでエクササイズのゲームをやってるんだ？

という疑問が湧いたものの、どう考えても女子に聞く話ではない。

後、エレアがモンスターだというのは一応秘密なので、配信中にも聞くわけにはいかないのだった。

ＴＩＰＳ：エレアの配信を見ている視聴者は鍛えられているため、基本的に店エレてぇてぇ民しかいないので平和。

10　ネオカードポリスにネオが付いてる理由はお察しください

ネオカードポリスは、前身の「カードポリス」が色々あって崩壊した末にできたエージェント機関だ。

所長が悪魔のカードに手を染めたり、その悪事を新人ポリスが解決したりしたのだが。

まぁ、それ自体は俺が生まれて少ししてからの話である。

もう二十年くらい前か？

今のネオカードポリスは、そういった汚職はない（はずだ）し、この世界で最も名の知れたエージェント機関だ。

でまぁ、俺は時折ダークファイトを挑まれる関係で、ネオカードポリスの人とも面識がある。

というか、定期的にネオカードポリスの刑事さんが巡回に来てくれるのだ。

これは、俺の店がレアカードの売買を行える規模のカードショップだからというのもあるだろうが。

何にしても、ありがたい話である。

「いらっしゃい……って、刑事さんじゃないか」

「おう、邪魔するぞ」

土曜の昼下がり、開店して間もないタイミングで件《くだん》の刑事さんがやってきた。

トレンチコートに、タバコが似合いそうな顔立ち。

あまりにも刑事すぎる風貌《ふうぼう》で、俺は彼のことを刑事さんと呼んでいる。

「それと、俺は草壁《くさかべ》だ。確かに階級は刑事相当だが、ネオカードポリスに刑事って役職はないぞ」

「まぁまぁ、こんなにも刑事さんって風貌なんだから、少しくらいいいじゃないか」

「お前さんのそういう謎のこだわりは、一体どこから来るんだ？」

お約束って大事だろ？

といっても、刑事さんは別にオタクでもないので、そういう話は通じない。

それに、訂正こそするものの嫌というわけではないって態度だし。

そもそもこの風貌は、彼の趣味も含まれている。

案外、悪い気はしていないことを、俺は知っていた。

ともあれ。

「それで、今日はどうしたんだ？　刑事さんとしてここに来たのか、客として来たのか」

「非番だから顔を出したんだが、出した用事はネオカードポリスとして……ってところかね」

仮にもネオカードポリスの人間が、店にやってくることは珍しい。

時折普通に客としてやってきて、大会に参加するものの。

そういう時は雰囲気が明らかにゆるい。

今日は、間違いなく刑事さんとしてのそれだ。

なので、少し店内は緊張しているように見える。

好奇心旺盛な子供達ならともかく、大人は警察がいると身がすくむものだ。

具体的には、店の奥でストレージを漁《あさ》っていたニット帽にサングラスで、身長百九十超え筋肉ムキムキマッチョマンの不審者とか。

「それで、本題は？」

「顔を見に来たんだよ、二人ほどな」

「一人は……エレアか」

刑事さんは、俺の顔見知りということもあって、エレアがこっちの世界で生活を始める時、色々と助けてもらっている。

異世界のモンスターがこっちの世界にやってきた時の対処を専門とするエージェント機関もあるのだが、規模が小さいからな。

有事でない場合は、ネオカードポリスが対応するのが普通である。

「まぁ、元気にしてるよ。昨日も遅くまで配信してたしな」

「見てたぜ、お前さんが乱入してた奴《やつ》だな」

見てたのかよ。

いや、そりゃまあ自分が担当した人間タイプのモンスターが、きちんと生活を送れているかは定期的に確認する必要がある。

その一環として、エレアの配信を眺めててもおかしくはないんだが。

「……俺が乱入した時に、助かるとかいってスパチャ投げまくってた連中に混じってたりしてないよな？」

「さ、あの子に関しては別にいいんだよ。お前さんがいれば、心配はいらないからな」

おい待て。

話をそらすんじゃない！

「もう一人は……あの子だよ」

と言いつつ、ちらりと刑事さんは視線をフリースペースに向ける。

そこで、ファイトをしつつ緊張した面持ちで、聞き耳を立てていたヤトちゃんが慌てた様子で視線をそらした。

なるほど、概《おおむ》ね想像できた。

「レンさんところの新人で、それも偶然巻き込まれた結果加入したから、か」

「そうだ。いくら姉が所属してるとはいえ、素人がいきなりエージェントになっていいもんじゃない」

「試験は合格だったと聞いてるが」

「だとしても、だ」

まぁ刑事さんが不安に思うのもムリはない。

この世界、治安という面がえげつなく悪い。

先日ダークファイター――ダークファイトを仕掛けてくるファイターでダークファイターだ、わかりやすいな――を一人倒したのに、一ヶ月もしないうちにまたダークファイターが現れたくらいに。

ひどい時には、週イチでうちのショップは襲撃される。

ただ同時に、カードを奪うためにはダークファイトで所有者を倒さないといけない。

なぜなら基本、レアカードは所有者が肌身離さず持っているものだからだ。

うちはまぁ、エレアという防犯のプロがいるから、普通にケースに飾ったままにしているけど。

「それにあの嬢ちゃんは……」

「ん？　何だよ、言《い》い淀《よど》んで」

「いや、なんでもねぇ。これ以上は話すことでもないと思ってな」

「そこまで話した時点で、何かあるって言ってるようなものだろ」

ヤトちゃんに、これ以上何か秘密があるのか？

普段接している彼女は、ごくごく普通のパンク趣味なオタク少女だ。

本人から聞いた限りでも、経歴の特殊な部分といえば親がいないことくらい――

「別に、お前さんになら話しても問題ないんだがな」

「なら話せよ、ここで話せないってならわかるけどさ」

「必要ねぇ、どうせお前さんならそのうち知ることになる」

何だそりゃ、と思うものの。

正直否定できない自分もいる。

俺は、事件に直接関わることはほとんどない。

だが、ほんの少しだけ関わることなら山ほどある。

先日の風太郎との一件が顕著《けんちょ》だろう。

彼の迷いを正すために、俺の運命力が俺を風太郎の秘境《ひきょう》にまで送り込んだ。

そうしたことが頻発するものだから、秘境の存在だって、異世界の存在だって俺は知っている。

秘匿《ひとく》組織である闇札《やみふだ》機関とだって、ヤトちゃんと知り合う前から関係があったのだ。

なら、ヤトちゃんの秘密とやらもそうなのだろう。

その時は、またいつものように、それとなく間接的にヤトちゃんを導くことになるのだろうな。

「ま、そういうことだ。頼んだぜ店主さん」

「昔なじみの頼みだ、言われなくともその時が来たら、ちゃんと対応するよ」

そう言って、刑事さんは店を去っていくのだった。

……というか、ニット帽とサングラスの不審者は声くらいかけろよ、お前も顔なじみだろ。

刑事さんが店を後にしてから。
恐る恐るといった様子でヤトちゃんがカウンターにやってきた。
「……草壁さん、何か言ってた？」

「いや、何も？　今回は俺に用があったわけだからな」

どうやら刑事さんと面識があるらしい。

ただ、随分と怯《おび》えた様子だ。

そんなに彼が苦手なのだろうか。

「苦手……というわけではないのだけど、彼ってすごく真面目《まじめ》だから」

「話してると緊張してしまう？」

「そう、そんな感じ。店長はすごいわね、あんな自然体で話せて」

「まぁ、昔からの知り合いだからな」

そうなのか、と言いつつ、ストレージのカードをヤトちゃんは俺に手渡す。

なんというか、ヤトちゃんの様子だと単純に刑事さんが強面《こわもて》で苦手意識があるって感じだな。

隠し事をしているように見えない。

そう考えつつ会計をしながら、俺は続けた。

「大学時代の後輩なんだよ」

「――え？」

思わず、首をかしげるヤトちゃん。

「え？　草壁さんが、後輩？　あんなに渋いおじさんって感じなのに⁉」

「……それは生まれつき老け顔なんだよ」

「そ、そう……」

草壁刑事。

ネオカードポリスに配属されてから、一年で刑事相当の階級——ネオカードポリスには階級制度があり、高いほど偉い——に上り詰めた優秀なエージェント。

老け顔だけど、それを利用して如何《いか》にもとしか言いようがない刑事スタイルに身を包む——俺の二つ下。

使うデッキが可愛《かわい》い動物系モンスターのデッキなのも含めて、「人は見かけによらない」を体現した男である。

可愛いもの好き刑事さん風ネオカードポリス、草壁の場合

この世界には運命力というものが公然として存在する。

人々は運命によってカードに導かれ、カードは運命によって人々の元へ導かれる。

だが、それは決して運命がこの世界の全てというわけではない。

人々の手の上に、カードという名の運命が握られているだけ。

掌《てのひら》に欲しい運命が乗せられていないなら、引き寄せればいい。

カードとはデッキからドローするもの、己の欲する運命を手繰《たぐ》り寄《よ》せる力。

それこそが、運命力の本質である。

だから、人間とカードの相性は、その半分はお互いの嗜好《しこう》で決まる。

かっこいいドラゴンが好きな少年は、ドラゴンをエースにしたデッキを組み上げる。

可愛らしい動物が好きな少女は、愛らしい動物達のカードを手に入れる。

後にネオカードポリスとなる少年、草壁の場合。

彼は、幼い頃から可愛らしいものと、ハードボイルドな刑事が好きだった。

両者は相反するものだったが、幸いにもそんな彼の嗜好を満たすアニメが放映されていた。

というよりも、それに影響されて彼はその二つを好きになったというべきか。

そのアニメは「ハードボイルドな猫の刑事が動物達の困り事を解決する」という児童向けのもので。

彼は刑事猫のハードボイルドさと、時折見せる愛らしさに魅了された。

しかし、そんな彼にとっての憧れは逆風だった。

ちょうどその頃、この世界を代表するエージェント機関であったカードポリスが崩壊。

新たに発足するネオカードポリスが、世間的に認められていなかった時期だった。

世間の警察に対する風当たりは最悪で、とてもではないが警察になりたいという夢を口に出せる空気ではなかった。

加えて言えば、彼の可愛いもの好きな趣味を両親が押さえつけた。

そんな女の子みたいな趣味はやめて、男らしくしなさい——と。

結果、彼は憧れを……摑《つか》みたかった運命を手放さなくてはならなかった。

既に組み終えていた、彼の大好きなものだけで構成された最高のデッキを戸棚の奥にしまい込んで。

中学、高校へ進学するにつれて、彼は次第に不良達とつるむようになった。

親との軋轢《あつれき》は、彼の嗜好だけではなく、生活すらも侵食していたからだ。

とはいえ、不良達の中に混じった草壁の生活は、決して悪いものではなかった。

使用するデッキこそ、本来彼が好むものではなく周囲に合わせたものだったが。

それでも持ち前のファイトの才能で、木端《こっぱ》の不良グループをまとめられる程度の実力を発揮《はっき》した彼は、その中で居場所を作っていった。

しかしそれも、所詮《しょせん》は自分を抑えて周囲に合わせて手に入れた立場。

草壁の本心はそんな立場に満足できていたわけではなかった。

もちろん、本来の自分をさらけ出したところで今の自分を認め慕っている者達がそれを受け入れるわけではない。

むしろ、困惑させてしまうだろう。

そうなった時に彼らが草壁を責めたとして、どちらに咎《とが》があるか。

完全に彼らだけに問題がある、とは言えないだろうと草壁は考えていた。

それでも、抱えたものは少しずつ溜《た》まっていく。

心に落とした影は、幼い頃に両親に否定された時からのもの。

いくら彼に忍耐力があったとして、それを受け止める器は決して無限ではなかった。

やがて侵食した闇は、彼を――彼の〝カード〟を、地獄の底へいざなう……はずだった。

悪魔のカード。

この世界を騒がす事件を起こす、大本の元凶。

人々を地獄の底へと連れて行ってしまう、闇に染められたカード。

その誕生経緯は、実のところ様々だ。

突如として、何も無い場所から生まれてくる。

悪意ある存在が、悪魔としてカードに宿る。

そして——使用者の心の闇に反応して、所有しているカードが悪魔に堕《お》ちる。

主要な理由はこの三つ。

草壁の場合は、言うまでもなく三つ目の理由だ。

彼が感じてきたストレスと、彼によって戸棚の奥へしまわれたまま忘れ去られたことへの恨《うら》みで、カードは悪魔に変化しようとしていた。

かつて、あれほど彼が愛していたはずなのに、彼を愛していたはずなのに。

だから本来、悪魔へ堕ちかけたカードはいつの間にか彼のデッキに加わり——それを仲間である不良達に見られるはずだった。

結果、そのカードをバカにされた草壁はついに耐えきれなくなり、悪魔のカードとなったそのカードと共に周囲の不良達をダークファイトで一蹴する。

そんな未来が、彼には待っているはずだった。

「君、カードを落としたぞ」

〝彼〟が、仲間達のもとへ向かう草壁を呼び止めるまでは。

棚札《たなふだ》ミツル、というらしい。

近くの大学に通う大学生——後のカードショップ〝デュエリスト〟店長は、草壁が隠したがっていた秘密を拾い上げた。

焦る草壁に対し、棚札はそれを、

「これ、いいカードだな」

そう言った。

棚札は草壁のカードを、嗜好を肯定したのだ。

草壁が、愛らしいカードを好きだと言っても、それをバカにすることはなく。

もちろん、世の中にはそういう寛容な人間は少数ながら存在していた。

だから、草壁にとってその言葉はありがたいものではあったが、救いではなかった。

彼に認められたとしても、草壁が認めてほしい相手は草壁のことを認めてくれないのだ
――と。

だから、真に草壁を救ったのは、棚札が草壁を肯定してくれたことではない。

その後に彼が言った、ある一言だ。

「もしも周りの人間に認めてもらいたいなら、ファイトで認めさせればいいんじゃないか？」

――と。

あまりにも強引すぎる方法。

だが、聞けばその方法は決して不条理なものではなかった。

「ファイトっていうのは、この世界で最も相手に言葉を伝えるのに向いた方法だ。お互いの感情をファイトって形でぶつけ合えば、きっと相手ともわかり合えるさ」

ようは、言葉をつくして相手に理解を求めろ、と。

一度否定されたから諦めるのではなく、もう一度挑戦し、踏み込め――と。

彼はそういった。

単純なことだったのだ。

運命とは、諦めるのではなく摑み取るもの。

そんな当たり前のことを棚札によって教わった草壁は――ようやくそこから、本当の意味で彼自身の運命を歩み始めたのだ。

彼の考えに理解を示さない相手に、正面からファイトでぶつかって。

気がつけば、彼と彼の仲間達は不良ではなく真っ当な道を歩むようになっていて――

草壁もまた、可愛らしいデッキを操る渋い刑事のようなネオカードポリスとして――夢を叶《かな》えるのだった。


それは、言うなれば〝店長〟によって救われた一人の青年の物語。

けれども、少しおかしい。

〝店長〟には、二つの運命がある。

一つは、〝悪魔のカードが関係する事件に関われない〟というもの。

そしてもう一つは、〝悪魔のカードに関わらない事件を事前に排除する〟というもの。

この物語は、それとは矛盾している。

悪魔のカードに関わる事件を事前に排除しているのだ。

なぜ、そのようなことが起きるのか。

これにはある種の例外じみた〝バグ〟が関わっている。

草壁の一件は、悪魔のカードによるものだ。

しかし、店長が彼に声をかけた時点で、悪魔のカードは誕生していなかった。

悪魔のカードになりかけていただけで、本格的に悪魔に堕ちるのは仲間達にそのカードが否定された時だ。

つまり、店長が声をかけたタイミングでは、〝悪魔のカードはこの事件に関わっていない〟。

にもかかわらず、〝事件が発生する直前だった〟。

結果、この一件が〝悪魔のカードに関わらない事件を事前に排除する〟店長の運命に引っかかったのだ。

さながらそれは昔から存在していたカードが、新たなカードによって想定とは違う動きをするかのようなもので。

もとからあった誕生直前の悪魔のカードは悪魔のカードではないというルールに対し、店長の〝悪魔のカードに関わらない事件を事前に排除する〟運命が、「悪魔のカードじゃないなら事前に排除してもいい」という処理をしてしまったのである。

具体的な例は、一言で言えば「サモサモキャットベルンベルン」。

ちなみに草壁が闇堕ちしていたら、だいたいそんな感じの詠唱《えいしょう》が始まる予定だった。

ただ、それは相当な例外的処理であるから、そうそう起きることではない。

というか、今のところ二十年と少しの店長の人生に於《お》いても、片手で数えられる程度の数しか起きていない。

なにより、それ自体は決して悪いことではないのだ。

起きるはずだった問題は事前に解決され、草壁と仲間達はむしろ本来の運命よりももっと恵まれた運命を勝ち取っていた。

だが、奴は弾けた。

店長がこういった本来解決するはずではなかった問題を解決すると、問題が解決した対象は弾けるのだ。

草壁の場合は、本来ならこの失敗を糧に少しずつ成長し、長い時間をかけてハードボイルドだが可愛いものが好きなあざといおじさんになるはずだった。

だが、その過程を色々とすっ飛ばした草壁は、若くして刑事さん風可愛い動物デッキ使いのネオカードポリスとして活躍している。

無論、それはいいことなのだが。

頭を抱える存在もいるのだ。

店長を支える、水晶《すいしょう》の天使達とか……。

11 日常性前作主人公

その日、店にやってきた熱血少年のネッカは、随分と沈んだ表情をしていた。

ネッカはとにかく負けず嫌いでポジティブな性格をしている。

どんな時でも前向きな彼が、こうも沈んでいるのは珍しい。

よっぽどのことがあったのだろうと、俺とエレアは顔を見合わせた。

「いらっしゃい、どうしたんだネッカ。浮かない顔して」

「店長……」

俺は視線で、エレアに店のことを任せるとネッカに近づいて呼びかける。

視線を合わせるようにして屈《かが》んだ俺を、ネッカは複雑そうな顔で見上げてきた。

「その……クローと喧嘩《けんか》したんだ」

「なんだ……いつものことじゃないか？」

正直、ネッカがどうして沈んでいるのかはなんとなく想像できていた。

クール少年のクローと一緒じゃないからだ。

彼らは親友同士で、店にやってくる時は常に一緒だ。

とはいえ、基本的にお互いライバル意識が強いのか口を開けば喧嘩ばかりしている。

だから俺はいつものこと、といったわけだが。

もちろんそんなことはない。

普段のようなじゃれあいではなく、本気で喧嘩をしたんだろう。

でなければネッカは、もっと怒りを顕《あらわ》にしてここへ姿を現しているはずだ。

「アレはクローに負けたくないって思ってるから、ああ言ってるだけなんだ」

「そうなんだな……じゃあ、どうして今はそんなに沈んでるんだ？」

それを敢《あ》えて聞いたのは、少しでもネッカから言葉を引き出して話しやすいようにしたかったからだ。

そうしてネッカは、ポツポツと喧嘩の内容を話してくれた。

何でも、先日ダークファイトを仕掛けられた際、クローとタッグで相手をしたのだが、相手が面倒な奴《やつ》だったらしい。

とにかくネッカとクローの仲違《なかたが》いを誘うような奴だったとか。

自分の勝利すら投げ捨てて、そいつは二人の関係に罅《ひび》をいれた。

結果、ネッカとクローは本気の喧嘩に発展してしまったそうだ。

「あいつは、俺がクローのことを信じてないって言ったんだ」

「信じてない？　確かに喧嘩こそいつもしてるけど、それはお互いにお互いのことを認めてるからこそだろ？」

「そうなんだけど……あいつは俺達のファイトに信頼関係がないって……」

聞いた感じ、それは言うまでもなく揚げ足取りだ。

でも、実際にバトルでそういう行動を取ったのは事実である。

「そうだな……まずは、運が悪かったな」

「運が悪かった？」

「ダークファイターの中には、そうやって相手を嫌な気持ちにするためだけにダークファイトを挑んでくるような奴もいる。そういう奴と出くわすのは、単純に運が悪かったとしか言いようがないんだ」

何事も、悪意のある奴に絡まれるかどうかなんて、運が悪いかどうかが全てだ。

ただ、それで発生した喧嘩は、運が悪かったでは済ませないのだが。

だから俺は、ある昔話をすることにした。

「じゃあ、一つ話をしようか。それは一人のファイターとモンスターの話なんだが……」

正確に言うと、ファイターとそれに取《と》り憑《つ》いた人ではない存在……ぶっちゃけ遊馬とアストラルの話をした。

この世界風に言い換えると、ファイターが敵にそそのかされ、結果裏切られることになったモンスターが闇堕《やみお》ちする話だ。

「つまり、裏切られたことのない純粋なモンスターが、初めての裏切りでどうすればいいかわからなくなった……ってことだな」

「……俺、そういえばクローと友達になってから、本気で喧嘩するの初めてだ」

話として直接繋《つな》がるわけではないが、要点は一緒だ。

ネッカ少年の言う通り、二人は仲良くなってからこれまで、大きな不和を抱えることはなかった。

だからこそ、その不和への対処法を知らないのである。

「なぁ店長、その二人は……仲直りしたら元通りになったのか？」

「いや……ならなかった」

え？　とネッカは首をかしげた。

「一度疑ってしまったら、昔のように全幅の信頼は置けない。前のようには戻れないんだよ」

「……そっか」

「代わりに、それでも相手を信じようって気持ちが生まれたんだ」

「……！」

それまでの疑うことを知らない信用ではなく、相手のことを信じようとする信頼で二人は再び手を取り合った。

最終的に、二人の信頼はより強固なものになったわけだ。

「だからネッカ、今はまだクローに対する怒りや疑う気持ちもあるかもしれない。けど、ネッカがクローを信じようと思って行動すれば、少しずつそのわだかまりも消えていくさ」

「……うん！　ありがとう、店長！」

どうやら、ネッカの悩みを少しでも解決することができたようだ。

いつものように……とはいかないが、元気を取り戻したネッカは、店の外へと駆け出していく。

「店長、俺クローに謝ってくる！」

「そこでまた喧嘩になるなよ？」

「その時は……仲直りできるまで何度でもクローと話をする！」

「ならよし、行ってこい！」

かくして、ネッカは勢いよく走り出すのだった。

これなら、もう心配はいらないだろうな。


と思って、業務に戻った俺だったが。

ネッカが出ていってから少しして、クール少年のクローが店にやってきた。

浮かない顔で、いつものムスッとした表情が更に険しいものになっている。

「いらっしゃい、クロー」

「……店長、ネッカを見なかったか？」

「ああ、さっきまでいたんだけどな」

そう聞いて、クローはすれ違いか……とため息を吐《つ》く。

ネッカとのことで、色々と悩んでいるのだろう。

既に彼の悩みは知っているが、俺はクローから話を聞くことにした。

「……というわけなんだ」

さっきのネッカ少年と同じく、話しやすいように声をかけた。

想像通り、内容はネッカ少年との喧嘩のことで、クロー少年もかなり悩んでいるようだ。ムリもない、初めての経験だろうからな。

戸惑《とまど》って当然だ。

「そうだな……少し話をしようか」

「話……？」

「その二人は、お互いに親友同士といって差《さ》し支《つか》えないファイターだった」

そんな二人のうち一人が、悪いファイターに洗脳《せんのう》されてもう一人と戦うことになってしまう話だ。

ぶっちゃけ、遊戯《ゆうぎ》と城之内《じょうのうち》の話である。

敵に洗脳された親友をなんとか説得しようとするファイター、しかしその声は親友にはなかなか届かず、親友は大会で使用を禁止されているカードまで使用して……という話。

「何だよそれ、最低じゃないか」

「そうだな、親友を洗脳した奴は許せない。でも、大事なのはそこじゃないんだ」

「っていうと？」

「ファイトの最中、懸命な説得のおかげで、少しずつだけど洗脳が解けていくんだ」

最終的には色々あって、親友は元通りになるわけだけど。

それを成し遂げたのはファイターの説得と、二人の友情だ。

「つまり、確かな友情さえあればたとえ洗脳されていても言葉は届く。何よりそのファイトでファイターは親友から一時的に託されていたカードを使って親友を説得した」

「言葉とファイトは、どれだけお互いの心が離れているように見えても、必ず伝わるってことか？」

「そういうことだ、今は仲直りできなくとも、何度も言葉を重ねて、ファイトを重ねて仲直りすればいい。友情ってそういうものだろ？」

その言葉に、クローはようやく元気を取り戻したようだ。

まだ、いつものクールな振る舞いはできそうにないが、前を向くことはできただろう。

「ありがとう、店長。もう一度ネッカと話してくるよ」

「ああ、行ってこい」

そうやって、ネッカ少年と同じようにクロー少年も送り出すのだった。


そこで話が終わっていれば、めでたしめでたしなのだが。

いや、語弊《ごへい》があるな。

二人の喧嘩自体は無事に解決した。

次の日には、またいつも通りの熱血少年とクール少年の姿があった。

ただそこに至るまで、つまり今日の段階では色々とあったのだ。

具体的に言うとネッカとクローの関係者が全員俺に相談してきた。

それくらい大きな事件だったんだろうが、俺としては大変だ。

過去の教訓……前世のカードゲーム知識と、この世界で経験した事件の中からそれっぽいエピソードを挙げまくって、何とか捌《さば》き切《き》ることができた。

いや、大変だった。

とはいえ、俺としてもこうして前世知識で色々と話ができるのは有意義だ。

なんたって、かつて俺が一番推していた名エピソードの数々なわけだからな。

それを他人と語り合えなくなった今、こうしてエピソードとして誰かに話すことでしか俺は人に過去の経験を語れない。

そのうえで、話を聞いてくれた人達が立ち直ってくれるのなら言うこと無しだ。

「すごかったですねぇ、流石《さすが》店長」

「店長、こういうこと毎日してるの？　とんでもないわね……」

相談に乗り続ける俺を、横から眺めていたエレアとヤトちゃん。

とはいえ、流石に毎日こんな感じではない。

どちらかというと、相談自体は本当にたまにだけど、大きな事件が起きると立て続けに来る感じだ。

ってか君達仲いいね。

「仲いいですよ」

「仲いいわよ」

仲よかった。

「それに、私の知る限りだと、一日の最大解決件数は十件です」

「じゅっ⁉　もしかしてそれに全部、ああいうエピソードをつけて答えてたわけ⁉　店長、ほんと何者なのよ……」

「しかも、私の知る限り一度として同じエピソードが出てきたことはありません」

「ええ……」

いや、流石にそれは誤解だぞ⁉

使いまわしはたまにあるって。

……あれ？　でもエレアの前でエピソードを使いまわしたことってあったっけ？

………………あんまり考えすぎるとよくない気がしたので、俺はとりあえずその思考を早々に打ち切るのだった。

ＴＩＰＳ：店長のエピソードトークは、最近現実での事件が多すぎて比率が創作３：現実７になってきている。

12 ふたりはオタファイ

エレアとヤトちゃんは仲が良い。

単純にこの二人は、感性が近いのだ。

同じ女性で、片や秘匿《ひとく》組織のエージェント、片やモンスター。

特殊な立場のファイターという共通点。

それから——

「こんにちは、店長、エレア」

「いらっしゃい、今日はフリーでもしに来たのかい？」

「ええと、ごめんなさい。今日はエレアに用事があってきたの」

そう言って、ヤトちゃんはカウンターで暇そうにしていたエレアのほうへ寄っていく。

「待ってましたよ、ヤトちゃん。てんちょー、今から席外しますけどいいですよね？」

「ああ、午後から少し用事があるって、ヤトちゃんと遊ぶってことか」

「はい、そんな感じです」

確かに、エレアから午後に席を外したいというのは聞いていた。

友人と遊ぶためだったのか。

もともと問題ないように予定は立てていたし、止める理由もない。

エレアに友人ができるのはいいことだ。

「じゃあどうする？　上で話す？」

「んー、私はどこでもいいですよ。なんならファイトしながらでも」

「あ、じゃあそれで。デッキを調整したから試したかったの」

というわけで、二人は店のテーブルを借りてファイトしながら話すようだ。

よくあるやつだな。

「で、早速なんだけど、エレア」

「はい、ヤトちゃん」

そうして二人はテーブルにデッキを置いて、ファイトを始める。

ちなみに、エレアはファイトを始めるとスイッチが入って偵察兵《ていさつへい》モードになるのだが、今回はなっていない。

これはデッキに〈帝国の尖兵《せんぺい》　エクレルール〉が入っていないからだ。

そもそも入れたら正体モロバレだからな、二重の意味で入れられない。

そしてファイトを始めた二人は――

「――昨日の〝オタファイ〟見た？」

「見ましたよー、すごい面白かったです」

――アニメの感想会を始めた。

この二人、何を隠そうオタクである。

それもどっぷり腰までオタク沼にハマったディープなオタク。

配信者をしているエレアがオタクだというのは特に異論ないだろうが。

意外というと失礼かもしれないが、ヤトちゃんもかなりのオタク少女だった。

見た目はゴリゴリにパンクなファッションで固めているが、これで案外オタク趣味にも傾倒しているらしい。

ちなみにオタファイというのは、正式名称「オタク女子でもファイターになれますか？」という日常四コマを原作にした美少女アニメだ。

いわゆるきらら系。

なお題材にイグニッションファイトが絡むのは、この世界ではままあることだ。

インフラみたいなものだからな。

「やっぱいいわよねオタファイ、〝ミリ〟ちゃんが可愛《かわい》いの。あのもこもこ髪に埋もれたい」

「いいですよね……可愛い女の子……無限に愛《め》でれる……」

オタクといっても、その趣向は様々だが。

この二人は可愛いものが好きなようだ。

エレアの自室には色々と可愛いアイテムが、美少女のアクスタからマスコットのぬいぐるみまで多種多様に集められている。

ヤトちゃんの部屋もそんな感じらしい。

まぁ、エレアの部屋は半分くらい配信機材で埋まっているし。

ヤトちゃんも半分くらいはパンク系の趣味で埋まっているらしいが。

「私は〝アンヌ〟ちゃんが好きですね。気が強いのに上がり性で、ずっとナデナデしてたくなります」

「わかるわ……ちょっと小柄なのがいいのよね、私でも抱えられそうで」

二人が仲良くなったのは、ヤトちゃんがこの店に通うようになってすぐのこと。

つまりほぼ初対面から仲が良かったわけだ。

よっぽど波長が合うんだろう。

前世ではカードゲームというのはオタクの遊びだったわけだけど。

この世界では、オタクでない人間もカードゲームをするのはごくごく当たり前のことだ。

だからショップにやってくる層も多種多様で、必ずしも話が合う人間と出会えるわけじゃない。

それにオタクと言っても、趣味が微妙に重ならない場合もある。

「そういえば、店長もアニメを見てくれたんですけど」

「そうなの？　いやまぁ、店長もなんだかんだアニメとかマンガ好きみたいだし、理解《わか》らなくはないけど」

「ただ、私達とは守備範囲が違うんですよねー」

なんて話が聞こえてくる。

前世でＴＣＧ《トレーディングカードゲーム》にどっぷりだった俺が、オタクじゃないわけがない。

なのだが、俺は基本的にストーリーが面白いかがコンテンツの評価基準だ。

オタファイは、日常系でありながら主人公の悩みと成長が巧《たく》みに描かれており、それがとても面白かった。

エレアとヤトちゃんは、女の子の可愛さについて熱く語りたいそうなので、お互いに視点が少し異なってしまう。

いや、別に女の子の可愛さに心惹《こころひ》かれないわけじゃないですよ？

単純に、それよりもストーリーのほうに意識が向くというのと。

後はそもそも、女性相手に女の子の可愛さトークはいささかどうかと思うのだ。

ダイアあたりと話をするんじゃないいんだから。

ちなみに、ダイアも結構なオタクである。

ただ、アイツがヲタトークをすると、何故《なぜ》か語彙が古《いにしえ》のフォカヌポウとかになる上、不審者ルックでないと周囲の目を気にしてヲタトークができない。

いや、どう考えても不審者ルックでヲタトークするほうがまずいだろ⁉

なんて話は置いておいて。

それからも、二人はファイトを続けつつ色々と雑談に興じていた。

俺のほうもあまり聞き耳を立てるのも行儀が悪い。

適当に距離を取って、仕事に集中することにした。

それから時間は過ぎていって、客の出入りがありつつも二人は楽しそうに話を弾ませている。

だが、しばらくするとどうも、ヤトちゃんのほうが歯切れが悪くなっているように見受けられた。

あまり俺が首を突っ込むのもどうかと思い、様子を見るにとどめていたが――

「店長、少しいいですか？」

と、エレアに呼びつけられて、俺は二人のほうへ向かう。

ちょうど、客もほとんどいない状況だ。

話をするくらいならいいだろう。

で、二人のところにやってきたわけなのだが。

なんだか、ヤトちゃんは恥ずかしそうに顔を伏せている。

一体どうしたのか？　首をかしげていると、

「私、ヤトちゃんが配信に出たら、すっごい盛り上がると思うんですが、どうですかね？」

「ムリムリムリ！　絶対にムリ！　恥ずかしくて死んじゃうって！」

ああ、と納得した。

そりゃあヤトちゃんが恥ずかしがるわけである。

というか、ヤトちゃんって秘匿組織のエージェントだろ、いいのか。

「レンさんからは許可もらいましたよ」

「いいのか……」

こそこそと、俺の考えていることを察したのか耳打ちするエレア。

レンさんってのはヤトちゃんの上司だ、ヤトちゃんと出会う前からの俺の知り合いで、うちの常連でもある。

「秘匿組織ではあるけど、別に正体を完全に隠蔽してるわけじゃなくて、バレてもそれはそれで問題ないタイプの組織ですからね」

「すごいところだと、記憶処理とかするもんな」

どうやってんだろうな、アレ。

ともあれ、ヤトちゃんがエレアの配信に出るかどうかの話だ。

「別にいいじゃないですか、ヤトちゃん。大会配信にはよく顔出してますし、好評ですよ？」

「アレは……ショップ大会の配信はよくあることだし、私だけのことじゃないもの」

確かに色々な人が顔を出すショップ大会の配信と、エレア個人の配信じゃ意識が全然違うのは当然だ。

俺だって、たまに配信に顔を出す程度ならいいが、常にエレアの配信に参加するのはちょっと気恥ずかしいってレベルじゃない。

もちろんエレアもそれはわかっているだろう、これ以上は踏み込めないので諦めることにしたようだ。

と、そこで俺はふと思いついたことを口に出す。

「ヤトちゃん個人で顔を出すのがダメなら、複数人ならどうだ？」

「……どういうことですか？」

「他の常連も誘うんだよ。女子会とか言って、アツミちゃんやレンさんとか呼んだらどうだ？」

「――――!?」

その言葉に、二人は衝撃を覚えた様子で固まる。

いや、そんな驚かれるようなこと言ったか？

「……思いつきました！　女子にオタファイ布教配信！」

「それよ……！」

「何がそれなんだよ⁉」

――こいつら、配信を餌《えさ》に女性陣をオタク沼に引きずり込もうとしている⁉

何か、手段と目的がひっくり返る瞬間を見てしまったような気がする。

それからわいわい盛り上がり始めるオタクファイター……略してオタファイ二人に、色々とツッコみたいところはあるのだが。

お客がカウンターに来て、俺は仕事に戻らざるを得ないのだった。

13 うわぁ急に世紀の一戦を始めるんじゃない！

ある日、現日本チャンプ逢田《あいだ》トウマ……ダイアがいつもより不審者な挙動で我がカードショップ〝デュエリスト〟に入店してきた。

サングラスにニット帽の不審者スタイルで、身長百九十超えの巨漢だ。

キョロキョロと周囲を見渡し、何かを警戒している様子で、普段よりも不審者極まっているな。

何だ何だ、高額カードでも売りに来たのかとも思うが、もしそうならダイアは真面目《まじめ》な顔で入店するはずだ。

どう考えても、アレはバカなことを言い出す時のダイアだな。

ダイアは基本的にクソ真面目な性格をしている。

しかし、一見クールな振る舞いをしているが実際には沸騰《ふっとう》しやすい熱血漢で、ついでに天然だ。

だからまぁ、こういう挙動をしている時は本人は真面目に振る舞っているつもりでも、天然でアホ……まっすぐな思考をしているに違いない。

「いらっしゃい、ダイア」

「店長、単刀直入ですまないが……」

そう言って、ダイアは俺の元へ歩み寄ってくると、開口一番問いかけてくる。

「〈バニシオン〉のレンタルデッキを組んだというのは本当か？」

「……本当だが？」

先日、エレアとテスト回しをしたやつだな。

結局あの後、いい感じのカードが見つかったので〈ゴッド・デクラレイション〉はデッキから抜けた。

俺が使うとアレ一枚のデッキになりかねないからな……。

「貸してくれ」

「ダメに決まってるだろうが」

即答した。

素気なく断った。

っていうか断らざるを得なかった。

「〈バニシオン〉はお前の昔使ってたデッキだろ、そんなんでフリーしたら子供が泣いて逃げ出すぞ」

「……！　店長、私は決して過去に『バニシオン』デッキを使ってたプロファイターではないぞ」

「お、おう」

「バニシオン」デッキ。〈バニシオン〉モンスター群を中心としたデッキでダイア……逢田トウマが学生時代使用していたデッキである。

心境の変化と共に現在は〈グランシオン〉モンスター群を中心としたデッキを使用して

いるが、ダイアにとってはとても馴染《なじ》みの深いデッキだろう。

つまり、メチャクチャカードとの相性がいい。

日本最強レベルのプロが、その全力をほぼ十割発揮《はっき》できるデッキをこんな地方都市のカードショップで使ってみろ。

出来上がるのは地獄絵図だぞ。

なお、ダイアは自分の正体がバレていないと思ってるので、大真面目に否定してくる。

そこはどうでもいいので、とりあえず話を進めよう。

「まぁ、ここにはネッカ少年やクロー少年、他にもヤトちゃんとか将来有望なファイターがいっぱいいる。でも、そうじゃない普通の人だっているんだ。お前はそういう人間の心を折りたいのか？　ダイア」

「そんなわけない！　しかし……そうだな、レンさんからこのことを聞いて、気が急いていた。すまない」

情報の出所はレンさんか……あの人も大概自由な人だからな。

伊達《だて》に闇札《やみふだ》機関の最強エージェント兼トップをしてるわけじゃない。

……ダイアといい、レンさんといい、物語の最強キャラみたいなポジションのファイターは変な人しかいないのか？

そしてなぜかエレアがこっちを睨《にら》んでくる、どうしたんだ一体。

「てんちょー、そういうことならファイトするのにピッタリな相手がいますよ」

「うお、どうしたんだエレア」

睨んだまま口を挟んでくるエレア。

がおー、と両手を上げて威嚇してくる。

隣でストレージを漁《あさ》っていたヤトちゃんも、小首をかしげつつそれに釣られて手を上げていた。

何なんだ。

「店長が相手すればいいじゃないですか、実力的にはピッタリだと思いますよ」

「………………!!」

その瞬間、ダイアの顔が一気に真面目なものへと変わる。

いや、さっきまでも本人的には真面目だったのだろうが。

雰囲気は全然違う、一変したと言ってもいい。

「――やろう、ミツル」

「おう、店長呼びじゃなくなったあたり、マジのマジだな、ダイア」

ちなみにダイアという名前は、中学時代からショップで使っていた名前なので俺は変わらずダイアと呼ぶことにしている。

まぁ、そういうことであれば否やはない。

そして俺とダイアがやる気になったところで、お客のほうも何やらざわついてくる。

流石《さすが》日本チャンプ、マジのファイトが生で見られる機会は、やはり需要《じゅよう》がでかいようだ。

「フィールドを使いたい、何時間待ちだ？」

「運がいいことに、今日は三十分待ちだ。使用料はいつもどおり五百円」

というわけでそれから三十分後、俺とダイアはイグニッションフィールドを使ったファイトを行うことになった。


「こうして、フィールドでファイトするのはいつ以来になるかな」

「ダイアが初めて店に来た時以来だろ」

「あの時は盛り上がったな、ミツル」

「このファイトを、それ以上のものにするぞ、ダイア」

言葉をかわす。ライバルとして、親友として、お互いの闘争本能をかき立てるための軽口だ。

そうして、お互いにカードをドローしつつ。

俺達は、その言葉を口にする。

「「イグニッション！」」

そして、闘志に火を点《つ》けた。

故に点火、イグニッション。

まさしくカードゲームって感じで、個人的には大好きな掛け声だ。

そんな掛け声とともに、十年来の親友と行うファイトは、非常に白熱したものとなった。

〈バニシオン〉デッキは、〈点火の楽園　バニシオン〉と呼ばれるカードを展開してそれを守りながら戦うデッキだ。

〈点火の楽園　バニシオン〉は非常に強力なカードだが、破壊されると一気にピンチに陥るというわかりやすい弱点もある。

ダイアは先述した通り、クールな外面に対して胸に燃えたぎるような情熱を秘めている。

その冷静さは、揺るがぬ大地として人々のための楽園を築き、その情熱は楽園を守るための焔《ほのお》となる。

ゆえにこそ、炎の楽園《バーニング・エリュシオン》、それが〈バニシオン〉の本質だ。

「こうして、お互いの全力をぶつけ合うのは楽しいな、ミツル！」

「俺は、お前の全力が磨き上げられすぎて、ついていけるか少し不安になるよ、ダイア！」

もしかしたら、研磨《バニシング》という意味もあるかもしれないな。

とにかく、ダイアという人間にこれ以上なくふさわしいデッキである。

ダイアは常に前進を続けてきた。

中学の頃に世界を救った時も、最年少でプロになった時も、俺と戦った大規模大会の時も。

そして何より、日本チャンプになる時も。

自身を磨き上げ、情熱を燃やし、ダイアという楽園を築いた。

その姿に、どこか憧憬を覚える時がある。

俺はダイアのように、情熱を燃やし続けることができるだろうか。

今の生活に満足して、歩みを止めていないだろうか。

そう、考えてしまう時がある。

だが――

「思ってもないことを言うなよ、ミツル。私は君に背中を押されたから、ここまでやってきたんだ」

「押したのは俺だから、責任を取れってか？　厳しいこと言うな」

「昔からそうだろう、私達は！」

かつて、ダイアが世界を救うため戦っていた時。

戦うことが怖いと思った時があるそうだ。

その時、俺はダイアから相談を持ちかけられて、事情を知らずに背中を押したんだ。

事情を知らなかったからこそ安易に、けれどもだからこそ純粋な本心で。

その時の気持ちを心に秘めたまま、今もダイアは戦っている。

だったら、それに応えないのは嘘《うそ》だよな？

「だったら……責任を果たさないとな！」

「ああ、行くぞミツル！　このファイトを最高のものにするために――！」

かくして俺達は、今日も己の心に火を灯《とも》し、前に進むために戦い続ける。

その結末は――

俺達のファイトが終わった後、店内は沈黙に包まれた。

誰しもが手を止めてファイトに見入っていて、それから、誰からともなく拍手が巻き起こった。

この感覚は久しぶりだ。

大学時代のあの戦いのような、全てを出し切ったファイト。

その結果に、俺もダイアも悔いはない。

お互い無言で歩み寄ると、どちらからともなく握手をした。

俺は笑みを浮かべて、ダイアは挑戦的にそれを睨みながらも楽しげだ。

かくして、俺達のファイトはここに決着したのである。

——が。

後日。

「……エレア、なんか客が多くないか？」

「そりゃあ、店長とダイアさんのファイトがメッッッッッチャクチャバスりましたからね、ネット上で」

押し寄せんばかりのお客を、二人がかりで応対しつつ。

後日、あのファイトを録画していたエレアの手により、ネット上に動画がアップされた。

もちろん、俺とダイアの合意の上でだぞ？

結果、それがどうも凄《すさ》まじい勢いで流行《はや》ってしまったらしく、今ではネット上で数千万回ほど再生されているらしい。

とんでもないな。

おかげさまで、ここ最近は平日の昼間から店が大繁盛《だいはんじょう》。

ファイトするスペースが足りないからって、近くの広場を借りてそっちに臨時のフリースペースを用意してるくらいだ。

いやはや、最近のインターネッツは怖いね。

なんて思いながら、大量のお客相手にカードショップ店長としてのファイトに乗り出すのだった。

「そういえば、この前ダイアさんやレンさんを見て、最強クラスのファイターには変な人しかいない、とか考えてましたよね」

「何でわかったんだ？」

エレアはそんな俺の問いかけをスルーして、続ける。

「……最強ファイターが変な人しかいないっていう意味なら、店長も変な人ですからね？」

——え⁉

TIPS：なお、ファイト動画がメッッッッッッチャバズるのは世界的に見てもよくあることなので、繁盛は少しすればもとに戻る。

14 前作主人公なのに精《せい》霊《れい》見えないんですかぁー？

カードに宿った、モンスターの姿をした人でない存在。

いわゆるカードの精霊。

この世界では、基本的にただモンスターとだけ呼ばれる存在だ。

彼らには二つの種類が存在する。

一つはエレアのように、人と同じ姿をしていて、人と同じように生活するタイプ。

彼らはそもそも、言ってしまえば〝異世界の人類〟だ。

イグニッションファイトのモンスターは、基本的に外の世界からやってきたと言われている。

その根拠が彼らであり、彼らは普通の人間と同じように子供を作ったりできるにもかかわらずモンスターである。

なぜかと言えば、彼らのカードがこの世界に存在するから。

〈帝国の尖兵《せんぺい》　エクレルール〉はエレアとまったく同じ姿をしている。

まぁ、今のエレアは私服の上にエプロンを身に着けたカードショップ店員の姿がデフォルトなのだが。

何にせよ、人の姿であってもカードが存在すれば、それはモンスターである。

何なら、この世界に生まれた人間のカードも存在するかもしれない、俺は今のところ見たことはないが。

そしてもう一つが、一般的にイメージされる〝精霊〟タイプだ。

つまり、カードに憑依《ひょうい》して普通の人の目には映らない存在。

こういったモンスターに共通する特徴は〝人型ではない〟という点だ。

猫とか、犬とか、ドラゴンとか、ミノタウロスとか。

そんな感じの人型ではないモンスターは精霊タイプのモンスターになる。

個人的にミソなのは、最後のミノタウロスだな。

ミノタウロスは二足歩行をし、人に近い肉体をしているがひと目見て人ではないとわかる姿をしている。

下世話な話だが、人と同じように生活するタイプとそうでないタイプの見分け方は簡単。

この世界の人間と子供を作れるか、だ。

そして、案外そうやって人間タイプのモンスターとこの世界の人間がくっついて子を生《な》す事例はそこそこある。

まぁ、今はそれに関しては関係ない。

俺が話をしたいのは後者——精霊タイプのモンスターだ。

「——ダメだぁー！　今日のダイア兄ちゃん強すぎる！」

「むむむ……普段と同じレンタルデッキを使っているはずなのだが……」

ふと、店の一角でそんな声が聞こえてきた。

一人は熱血少年のネッカ、もう一人は不審者ルックの日本チャンプことダイアだ。

彼らは今、店のテーブルを使ってフリーファイトをしている。

しかし強すぎるとは、どういうことだ？

今日のダイアは、〈バニシオン〉ではないレンタルデッキを使っているはずだが。

みたいなことを考えつつ作業をしていると――

「店長ー、来てますよ」

「来てる？」

エレアが、そんなことを言い出した。

「モンスター」

そう言って、指さした先。

そこは何も無い店の片隅だ。

だが、エレアが〝来ている〟と言った以上。

そこにはいるのだろう、彼らが。

「ちょっと待ってろ」

そう言って、俺は意識を集中させる。

しばらく心の内なる声に耳を傾けるように、集中を続けると。

そこに、一体のモンスターの姿が見えた。

うっすらと、半透明な姿をした翼の生えた猫である。

「いた、あいつ……〈マテリアル・ケットシー〉か」

「みたいですねー……いや、よく一瞬でカードの名前出てきましたね？」

なぜかエレアにドン引きされる。

いや、確かによくよく考えれば無数にあるカードの中から、一発で目の前のモンスターがどのカードのモンスターか当てるのはおかしい技能だが。

今回は普通に推理できる範囲だ。

「いや、ダイアがやたらデッキと相性がいいってことは、今ダイアが使ってるデッキのモンスターが店に来てるってことだろ？　で、今ダイアが使ってるマテリアルデッキで猫って言ったらケットシーしかいないんだよ」

「ああ、そういえばそうでしたね。……でも、もしそういう材料がなくても店長ならモンスターのカード名当てそうな気がするのは気のせいですか？」

「き、気のせいだろ」

昔、実際にエレアが言う通りのことを酒の席でやってダイアや刑事さんにドン引きされたことがあるんだよ。

思わずトラウマが刺激されてしまった。

「私、二人に教えてきますね」

「任せる」

ぶっちゃけ言ってても言わなくてもいいからな。

この世界のカードショップには、こうして時折精霊タイプのモンスターが訪れることがある。

カードがいっぱいあって、その中に自分のカードが存在するからだ。

精霊タイプのモンスターは、本能的に自分の所有者を求める傾向がある。

そんな所有者を見つけるのに、カードショップはうってつけというわけ。

ただ、うちの〈マテリアル〉デッキはレンタルデッキだ。人の手に渡ることはないだろう。

そうなると、あの〈ケットシー〉もそのうち店を出ていくはずである。

なんというかアレだ。

今回は御縁がなかったということで。

うっ（前世の記憶を思い出す）。

「え、モンスターがいるのか!?」

「ああ、気付いてなかったんですね……」

なんて会話が聞こえてくる。

ネッカ少年が、驚いた様子で店内を見渡している。

そして、どうやらちょうどネッカ少年から死角になっていたらしい場所の〈ケットシー〉を見つけた。

「いる！　それでダイア兄ちゃんが普段より強かったのか！」

指差して叫ぶと、〈ケットシー〉は退屈そうにあくびをしてその場を離れた。

なんかこっちに来たな……言っておくけど、俺と君はそこまでカード相性よくないからな？

ともあれ、カードショップにモンスターがいると、そのモンスターが入ったデッキとの相性が格段によくなる。

今のように普段はそのデッキと相性のよくないダイアが、彼の本来のデッキより少し劣る程度の相性を獲得できてしまうくらい。

まぁ、普通ならレンタルデッキなんて店にそう置いてないし問題ないんだけど。

今回はたまたま、そういう事故みたいなことが起きてしまったんだな。

「……一応言っておくと、私は本来のデッキなら更に強いからな？」

「わかってるよ！　でもなんかこう、兄ちゃんの本来の実力じゃないから悔しいんだよ！」

そこは負けず嫌いなネッカ少年らしい考え方。

それと、言い訳をし始めるダイアも大分負けず嫌いだ。

流石《さすが》主人公ズ。

「あ、ケットシーちゃんが店長の頭の上に。きゃわわですよ、これ」

「いつの時代の言葉だよそれ」

なんて言いながら上を見上げるが、頭の上にいるせいで何も見えない。

見えるのはしっぽくらいだ、うっすらと半透明の。

「しかし……いると言われても、私にはさっぱり見えないな……モンスター」

「え!?　兄ちゃん見えないのか!?　てっきりダイア兄ちゃんみたいな強いファイターなら見えるもんだと……」

「そうでもないぞ……プロファイターでも見えるファイターはそこまで多くない」

俺の頭の上を凝視するものの、何も見えないと肩を竦《すく》めるダイア。

なんとこいつ、主人公のくせに精霊が見えない。

いやまぁ、精霊が見えない主人公も普通にいるけど、見えているネッカ少年からしてみると意外なんだろう。

ちなみに、プロファイターの精霊タイプ視認率は統計によると三割だそうだ。

これがエージェントになると、逆に七割くらいになる。

つまり合計すると半々くらい。

これは強いファイターの話だ、人類の中だと二割くらいが見えるんじゃないだろうか。

「というか、一番おかしいのは店長だ！　奴《やつ》も本来ならモンスターは見えないタイプのファイターのはずだ！」

「え⁉　店長見えてるじゃん！」

「見えてるっていうか……集中すると見えるようになるんだよ」

これは、俺の転生者特典なのか知らないが。

俺は本来なら精霊タイプのモンスターは見えない。

だが、ある時意識を集中させると、半透明の状態で見ることができるようになると気付いた。

この状態は数時間ほどで解除され、再びモンスターを見るにはまた集中しなくてはならない。

後、俺は半透明に見えているが、普通にモンスターを見られる人間には鮮明に映るらしい。

ちなみにエレアはそもそも自分がモンスターなので、無条件に見られるタイプだ。

「それはなんというかアレですね……神様が店長を贔屓《ひいき》してるんですよ」

「なにそれ……」

転生者だから、普通にありそうなのやめろ！

「でも、実際には店長にモンスターを見る能力はないわけで。だから神様はその都度、店長に能力を与えてるわけです」

「いや、だったらなんなんだ？」

「能力を与えるたびに、神様がめっちゃ疲れてそうだな……って」

ああうん、だったらその……ごめんなさい。

いやでも見えたほうが何かと便利だから、これからも頼りますけどね？

なんて考えている俺の上で、呆《あき》れた様子で半透明のケットシーがあくびをしながら寝転がるのだった。

ＴＩＰＳ：エレアが他人に知られたくない店長の秘密は残虐《ざんぎゃく》ファイトのほう。

15 カードゲームの兄や姉は変な奴《やつ》しかいないのか

ヤトちゃんのお姉さん、ショップでは「ハクさん」と呼ばれている彼女は落ち着いた女性だ。

お姉さん、という雰囲気がにじみ出る姉気質の女性で、ヤトちゃんは随分懐《なつ》いている。

なんならエレアまで懐いている。

いやエレア、ハクさんは高校生だから君より年下だからな？

まぁ、この世界の人間より誤差程度に寿命の長いエレアだから、感覚的には間違ってないかもしれないが。

それはそれとして、基本ショップに入り浸りのヤトちゃんと違って、ハクさんがショップに訪れることは稀《まれ》だ。

エージェントの仕事の他に、学校でファイトクラブ――イグニッションファイトの腕を磨くための部活だ――に所属しているかららしい。

他にも家事やらなにやらあるそうだが、そっちはヤトちゃんもきちんと手伝っているそうだからな。

「いらっしゃい、ハクさん」

「こんにちは店長、お久しぶりです」

そんなハクさんが、珍しく店にやってきた。

ウェーブがかかったロングの黒髪。

肩を露出したブラウスとゆったりとしたロングスカート。

女子高生でありながら、思わずさん付けしてしまう姉力《あねヂカラ》。

「ヤトは元気にしていますか？」

「ああ、今は二階でエレアと遊んでるはずだけど」

何か、新作ゲームが出たからって昨日から遊び倒してるエレアに、ヤトちゃんが付き合ってる感じだった気がする。

まぁ平日の午後だし、特に言うこともないのだけど。

で、ハクさんは色々とカードを買いに来たついでにヤトちゃんの様子を見に来たらしい。

会計を済ませてから、人もいないので雑談に興じることとなった。

「お二人は本当に仲がいいですねぇ」

「ヤトちゃんはともかく、出不精《でぶしょう》のエレアがあそこまで仲良くなるなんて、本当に意外だったよ」

「あら、それはヤトもそうですよ？　よっぽど波長が合うんでしょうね」

そう言って、手を重ね合わせるハクさん。

指を絡めるようなアレだ。

あらあらうふふと笑みを浮かべる、まさしく理想の姉とでも言うべき人。

「ハクさんは、なんというか……いいお姉さんなんだな」

「そうですか……？　私なんか、全然ですよ」

謙遜《けんそん》するが、俺はそうは思わない。

「それに私は……」

「……？　どうかしたか？」

「あ、いえ。何でもありません」

確か、ヤトちゃんには秘密があるんだったか。

そのことで思うところがあるのかもしれないが……部外者が踏み込むことじゃないな。

ともかく。

なんというか、ここまで姉らしい姉……という感じの人を見るのは初めてかもしれない。

なぜなら――この世界の兄や姉は変な奴しかいないからだ。

これは前世からそうなのだが、カードゲーム世界の兄や姉には変な奴しかいないという偏見が俺にはある。

真面目《まじめ》な顔して変なことしかしなかったり。

やたらブラコンシスコンだったり。

厄介《やっかい》なのは、それでいて真面目な時はめちゃくちゃかっこいいことだ。

なんなんだアイツら。

まぁ、そういうのは物語上のお約束というやつなのかもしれないが。

この世界にも、やたらと変な兄や姉は多いのだ。

「いや、本当にいい姉だよ。ネッカ少年の兄とか、定期的に闇堕《やみお》ちしてネッカに襲いかかってくるからな」

「まぁ……」

熱血少年のネッカには兄がおり、普段は寡黙な人だ。

言葉が足りないだけで、基本的に弟思いのいい人……なのだが、定期的に闇堕ちする。

半年に一回くらいは闇堕ちしてるんじゃないか？　あの人。

しかも毎回丁寧に、闇堕ちの理由違うし。

「……でも、闇堕ちなら私もしましたよ？　ほら」

「そういえばそうだったな。……どうしてスマホのホーム画面を？」

丁寧に整理されたスマホのホーム画面に、犬耳を生やして怪しい笑みを浮かべるハクさんが映っていた。

……うん？

「ほらこれ……『ハウンド』に洗脳《せんのう》された時の私です。レンさんが撮ってくれたんですよ、写真」

「……俺の記憶が正しければ、レンさんと洗脳された時の君って、レンさんが負けた時の一回しか顔を合わせてないはずなんだが」

写真撮ったの？

レンさん？

……まぁ、あの幼女ならやりそうだけど、そういうこと。

「よく撮れてますよね？」

「お、おう」

そういう感想なのか⁉

なんか一瞬で雲行きが怪しくなってきたぞ？

俺の聞いてたハクさんの印象は、真面目で優しくて、理想の姉って感じのものだ。

加えてヤトちゃんから、例の〝ハウンド〟との最終決戦で勝利したものの危機に陥ったヤトちゃんを助けた時の様子を聞かされていたから。

俺のハクさんに対する印象は、立派なお姉さんというものだったのだけど。

と、そこで俺はハクさんのホーム画面のアプリの一つに目が行く。

「……あれ？　これ前にエレアが推してたちょっとエッチなソシャゲ」

「⁉　し、失礼しました。うふふ……ほらこれ、ヤトの写真です」

「………………そ、そっか」

ごまかすハクさんを見て、俺は考える。

真面目な顔で変なことをして、シスコンで。

ヤトちゃん目線ではかっこいい姉……つまり、妹の前では真面目でかっこいい姉。

――――うん、この人もこの世界の平均的なお姉さんだな！

「……そうだ、ヤトちゃんに会っていかないか？　そろそろエレアのゲームも一段落してるだろうし」

「いいんですか？　それなら是非。ふふ、お友達とどんなことをして遊んでるのかしら」

色々見なかったことにしてハクさんに、声を掛ける。

一気に、優しい理想のお姉さんに戻った。

……まぁ、よくあることだな！

とにかく中へ案内しようと、俺はバックヤードへの扉を開いた。

そこで、

「マジカル☆ヤトガビーム！　……こ、こう？」

何やら、変な格好をして変なことを言っている、ヤトちゃんとエレアを見つけた。

というか、コスプレである。

魔法少女ルック、エレアが白でヤトちゃんが黒だ。

ただ、強《し》いて言うならちょっと露出が激しい。

あと、見覚えがある。

何だったか——

「ぴっ」

「て、店長!?　どうしてここに!?」

とか考えていると、焦った様子で二人が赤面する。

なんか、大変申し訳ない現場に出くわしてしまったらしい。

「ねえ……さん？」

「えっと……ごめんなさい、ヤト」

そして——言うまでもなく俺の後ろにはハクさんがいる。

ヤトちゃんは、完全にビームを撃った体勢で停止していた。

片足を上げているので、とてもつらそうだ。

「……すっっっっっっっっごく可愛《かわい》いわよ、ヤト！」

「そういう反応!?」

目を輝かせながら親指をぐっと立てるハクさんの言葉に、ヤトちゃんがツッコんだ。

その勢いで足もおろしている、よかった。

っていうか、リアクションからして普段はこういう反応を見せないってことだよな。

いやそれでも、ボロとか出そうだけど、出なかったあたりどんだけ擬態上手《うま》いんだ？

何か、他にも理由があるのだろうか。

「ちなみにエレア、これはどういうコスプレなんだ？」

「先日発売したゲーム、『魔法少女ビームコロシアム』の主人公とその相棒のコスプレです。自作です自作」

「すごいな」

えへん、と胸を張る二十歳。

それはそれとして、どうやら二人はゲームをしているうちに、エレアが用意したコスプレ衣装を着ることになったらしい。

というかビームコロシアムってなんだよ、このツッコミ前にもしたぞ。

いや、他にもツッコミどころはあるが、多すぎてツッコミきれない。

「ヤト……その格好とても似合ってるわ……いいお友達ができたのね」

「待って姉さん！　何か大きな誤解がある気がするわ！」

「二人の邪魔をしてごめんなさい、私、今日は夕飯作って待ってるから、遅くならないようにね」

「姉さん！　待って、姉さん――――！」

どうやら、本気で安心したらしいハクさんは俺に挨拶をして店を去っていく。

ヤトの悲鳴は、届くことはないのだった。

「……コレで良かったのかな」

「わかんないです……あと店長、バックヤードの扉が開いてるとコスプレ姿が外に見えちゃって恥ずいです」

「あ、悪い。まぁ客はほとんどいないけどな、今の時間」

なんて話をしながら、俺も仕事へ戻ることにした。

良かったのかなぁ……これで。

ＴＩＰＳ：エレアは実は成人している。

16 辻《つじ》ファイトはこの世界の嗜《たしな》み

世の中には目が合ったらバトルに突入する世界もあるが。

この世界も、正直そんなものだ。

いついかなる場所で、ファイトが始まるともわからない。

もちろん拒否権はある。

ダークファイトでなければ、普通に断ればいいだけのこと。

ただまぁ、この世界のファイターがそれを受けるか受けないかで言えば——受けるほうが圧倒的に多いというだけで。

「そこのお主《ぬし》！　貴殿にファイトを挑みたい！」

不意に声をかけられて振り返ると——そこには見知ったサムライがいた。

向こうも、後ろから声をかけたからか俺だと気付かなかったらしい。

「風太郎《ふうたろう》か、どうしたんだこんなところで」

「そういう貴殿は……店長殿ではござらんか！　申し訳ない、気付かなかったでござる！」

いや、いいよと答える。

ムリもない話だ。

この世界の人間は髪型が特徴的なことが多い。

だが、俺は比較的その特徴が薄いほうで、無いとは言わないがダイアほどじゃない。

後ろから見ると、その特徴が目に入らないんだよな。

まぁ、そんなカードゲームというか、ホビーアニメによくある特徴的な髪型の話はさておいて。

声をかけてきたのは風太郎である。

秘境《ひきょう》出身のサムライで、かつて俺の店に武者修行にもやってきたことのある彼だが。

今は、どうやら辻ファイトをしているらしい。

「アレ以来、拙者《せっしゃ》一から出直すことにしたのでござる。前回は名の知れた強者《つわもの》を訪ねる旅でござったが、此度《こたび》は見知らぬ相手とのファイトによる交流が主《おも》でござるな」

見知らぬ相手にファイトを仕掛ける行為。

一般的に辻ファイトと呼ばれるそれは、この世界ではありふれた行為だ。

イグニスボードのお陰で場所さえあればどこでもファイトを行えるこの世界で、むしろ辻ファイトは奨励《しょうれい》すらされている。

いつどこで、ダークファイターが一般人を狙うかわからないのだ。

一般人でも可能なら、ファイターとしての実力は磨いたほうがいい。

そのためにも、見知らぬ相手、見知らぬデッキと戦える辻ファイトは格好の機会だ。

何より、風太郎の言う通り見知らぬ相手との交流もできる。

ファイトをすれば皆友達、と前に知り合ったファイターが言っていた。

彼、今頃どこで何をしているのだろうな……如何《いか》にも主人公って感じだったが。

「んじゃあ、俺とのファイトはやめておくか?」

「否、店長殿は拙者の恩人。アレから一段と強くなった拙者のデッキをお見せしたいでござる」

「こっちとしても、今日はオフだからな。是非とも受けさせてもらおう」

この後は、本屋にでも行って色々と本を見て回ろうと思っていたが。

別に急ぐような用事でもない、早速ファイトを楽しませてもらうとしよう。


俺は辻ファイトが好きだ。

相手の使うデッキは未知のデッキ。

実力だって未知、どんなファイトが待っているかなんてまったくわからない。

この世界にはそういう未知が溢《あふ》れている。

俺はそういう未知を楽しみたい。

だからこうして、辻ファイトを受けるわけだ。

ただ、今回の相手は風太郎、既に二度戦った相手だ。

そのデッキの特性も、動かし方だって俺は把握している。

もちろん油断したわけではない。

どんな相手にだって全力で、横暴を働くダークファイターにだって、それ相応の全力を振るうのが俺の信条。

そのうえで――

「……拙者の、勝ちでござる」

俺は、敗北した。

もちろん、全力でやったうえでの結果だ。

とはいえ、最初のターンを迎えた風太郎が
『拙者は、〈極北風《きわみきたかぜ》の先人〉をサモン！』

と言った時点で、諸々のことを察してしまった。

――これ、お披露目回《ひろめ》だ……と。

お披露目回。

いわゆる、新しいカードを手に入れたりして、強くなったファイターの実力を見せつける回。

販促の都合もあって、その瞬間のファイターは世界の誰よりも強いのだ。

今回は、カテゴリー自体がパワーアップしたということで、その強さはまさに猛烈《もうれつ》。

流石《さすが》の俺も……というか、俺だからこそ負けることも多い。

なんというか、自分のことながら普段から前作主人公と周りに言われるだけあって、こういう役回りが多いのである。

後、この〈先人〉。

どっかで見た覚えがあるんだよな。

なにかに似てると思うんだが……何だったか。

とはいえ、最終的に俺が渡した〈ノースゼファー・サムライ〉できっちりとどめを刺されたら、見事というほかない。

むしろ、強くなった姿をこうして見られたことが何よりも俺は嬉《うれ》しい。

負けることは悔しいし、次は絶対に負けるつもりはないものの。

成長したファイターに負けるというのは、何度やっても感慨深さを感じてしまう。

「お見事、すごいな風太郎。見違えるようだよ」

「あの時、拙者の中の情熱を店長殿とエレア殿が思い出させてくれたからこそでござる」

確かに、エレアがあそこにいてくれたお陰で、色々と話がスムーズだった。

ファイトの中で、相手を立ち直らせることは得意分野と言っていいくらいの俺だが、それでも言葉を使わずに必要なことができると非常に楽だ。

「エレアはうちの優秀な店員だからな、いつも助かってるよ」

「実際、エレア殿と店長殿はお似合いだと思うでござる」

「お、お似合いか……そうか」

そう言われると少し気恥ずかしいな。

何年も同じショップで店長と店員をしているわけだから、色々と意識することもあるのだが。

エレアはあのダウナーというか、何を考えているかわからない性格だ。

向こうが俺をどう思っているかは、なんとも言えないところがある。

「拙者も、郷《さと》の当主として頑張らねば」

「……そういう風太郎は、どうしてまた外に出てきたんだ？」

「境界師《きょうかいし》殿に勧められたでござる、新しい風は、新しい場所で試すべきだと」

境界師……秘境とこの世界の境目を守るエージェント。

秘境の人々とは、色々と交流があるらしい。

食料の取引とかな。

それにしても……なるほど、新しい風か。

北風の名を冠するデッキの使い手には、ぴったりな表現だ。

どうやら、相当深い関係らしい。

秘境の人と境界師がくっつくことって、よくあることらしいからな……まぁ、その境界師が女性かどうかは知らないが。

「それで、収穫はあったのか？」

「まず、ようやく店長殿に勝利できたことでござるな！」

「次は負けないさ」

なんて軽口を挟みつつ。

これまでのことについて雑談に興じる。

俺にとって一番大きな出来事は……ダイアと全力でファイトしたことか？

風太郎は言うに及ばず、デッキを進化させたことだろう。

「風太郎は、これからどうするんだ？」

「うむ……拙者もまだ青二才ゆえ、しばらくは修行の日々でござるよ」

そういえば、風太郎はまだ十代後半の若者なのだそうだ。

サムライとしての風格があり、全然そんな風には見えないが。

まぁでも、なんというかアレだ。

「風太郎は、これからまだまだ色々な問題を乗り越えていくんだろうな」

「？　確かに、挑戦すべき難題はまだ多いでござるが……乗り越えられる前提と評価されるのはこそばゆいでござるよ」

風太郎は……まだまだ道半ばの主人公のようなファイターだ。

これからも、多くのファイターとのファイトで成長していくだろう。

「いいや、今の風太郎なら問題ないさ。今は、何も考えずただ前に進めばいい。次の壁にぶつかるまで、ただまっすぐに」

「むむ……店長殿にそう言っていただけると、なんとなくそんな気がしてくるでござるよ！　拙者、気力が充実してきたでござる！」

なにせ、今の風太郎はデッキをパワーアップさせた直後。

ここからしばらくは、負けることなんてないだろう。

具体的には……一クールくらい！

そこで次の壁にぶち当たるか……ぶち当たる前に最終エースをゲットするかは本人次第だな。

なんてメタい話はともかく。

「であれば……次の大きな目標を果たすために精進せねば！」

「次の目標？」

「そうでござる！　拙者、一度戦ってみたいファイターがいるのでござる！」

そう言って、座っていたベンチから立ち上がり高らかに宣言する。

「現日本最強ファイター……逢田《あいだ》トウマ殿でござる！」

………おう。

なるほど、トウマか。

うん、それならあれだな。

「じゃあ……とりあえずうちの店に来るといいよ。いい修行になるから」

「いいのでござるか⁉」

「ああ、風太郎みたいな強いファイターなら大歓迎だ」

それに、正体隠したトウマ……ダイアに会えるしな！


――なんて話をして、数日後。

ショップに入ってきた熱血少年のネッカが、店の一角を見てこう言った。

「すげぇ……本物のサムライがいっぱいいる！」

現在、俺の店には風太郎の住む秘境で暮らすサムライ達が大挙して来店していた。

店のフリースペースで、楽しそうにファイトをしている。

サムライがいっぱいいても奇異《きい》の視線を向ける人間はこの世界にいないが。

それはそれとして、すごい光景だった。

なお、ダイアは世界大会の遠征でしばらく顔を見せなかった。

タイミングの悪い奴《やつ》だな！

秘境の次期当主、風太郎の場合

拙者は秘境と呼ばれる郷にある武家の次期当主、風太郎でござる。

秘境とは、世界から隔絶《かくぜつ》されたもう一つの世界。

そこには、外の世界とはまったく異なる生活を送る者達がいるでござるよ。

なぜ、この世界にそのような秘境が存在するかは、拙者には理解《わか》らぬ。

ただ境界師殿――秘境と外の世界を繋《つな》ぐ守り手――が言うには、カードが関わっているそうでござる。

イグニッションファイト、拙者の郷では「火札」とも呼ばれるそれは、言ってしまえばこの世界の全て。

カードの中には、一種の世界を構築するカードもある。

そういった世界が現実になったのが、秘境と呼ばれる場所なのだとか。

正直、イマイチよくわからん。

拙者が生まれた秘境は「剣風帖《けんぷうちょう》」と呼ばれていて、外の世界と少し〝時代〟のずれた世界でござる。

かつて、拙者の郷と繋がっていた国は、郷と同じような世界だったそうな。

流石に、外の世界から境界師殿等の手によって〝家電〟を持ち込んでいる郷のほうが、居住性はよいのでござろうが。

時折やってくるお客人が郷に設置されている〝最新家電〟を目にすると驚くのでござるが、流石にこれがあるとないとでは生活の質が段違いなので許してほしいでござる。

拙者は、何れ《いず》そんな郷の長《おさ》となる立場。

当然、人々をまとめるための能力が必要になるわけでござるが、とりわけ郷において重視されるものがある。

イグニッションファイトの実力でござる。

ファイトの強さは、人間としての強さの証明。

長たるもの、郷の誰よりも強くなくてはならぬのだ。

その点、拙者はファイターとしての才能があった。

幼くして現当主である父に勝利し、次期当主の座を勝ち取った拙者に郷で勝てる者は無く。

唯一の例外は郷を守護する境界師殿のみ。

そんな拙者が、調子に乗るのは必然と言うべきか。

無論、次代の当主として皆を守らねばならぬ身、決してその驕《おご》りで他者を見下すことなどせぬが。

それでも、拙者の心の何処《どこ》かに、〝強きサムライである拙者が皆を守らねば〟という感情があったことは否定できぬ。

そんな時だ、境界師殿から外の世界のファイトというものを見せられたのは。

そのファイトでは、二人のファイターが激闘を繰り広げていた。

片や奇妙な水晶《すいしょう》の〝天使〟とやらを操る男、片や拙者の暮らす「郷」のような世界を生み出し戦う男。

彼女から見せられた〝それ〟は――

拙者にとっては、あまりにも強烈な〝劇薬〟だったでござる。

まるで一つの演舞のようなファイトでござった。

サムライとして、ファイトだけではなく剣も嗜む拙者に言わせれば、究極の武とは一種の演舞のようなものでござる。

ファイトに限らず、剣に限らず。

実力を極めた者同士の戦いは、さながら至高の芸術が如《ごと》く。

彼らの戦いは、まさしくそれであった。

故に、拙者は憧れたのだ。

あのような究極にして至高の武に至りたい。

拙者もあのようなファイトがしたい。

結果、拙者は境界師殿を説得し、外の世界へと飛び出した。

だが、拙者は早々に後悔することとなる。

勝てなかったのだ、外の世界のファイター達に。

はっきり言って、拙者は外の世界のファイターを侮《あなど》っていた。

拙者の考えはこうだ。

「今の拙者に、あのような究極のファイトは行えない。けれど、それを行うだけの実力は備わっている」

あくまで究極のファイトが行えないのは、拙者と息を合わせることのできるファイターがいないからだ。

究極のファイトとは、お互いの心を通わせたファイター同士の死闘によって生まれる。

聞けば、あのファイトを行ったファイターは幼い頃からの親友同士だったとか。

だから拙者は外の世界を旅する中で、拙者の実力にふさわしい強敵に相まみえるつもりだった。

しかし、結果は惨敗。

境界師殿が紹介してくれたファイターは誰もが強かった。

ネオカードポリスと呼ばれる組織に所属する熟練の〝刑事殿〟。

けったいな言の葉を操る金髪の幼子《おさなご》。

闘志に燃える熱血少年。

他にも、様々なファイターと戦い拙者はそのことごとくに負けた。

特に、偶然出会ってファイトを挑んだ帽子と黒い眼鏡《めがね》姿の巨漢のファイターは強敵でござった。

他のファイターにはまだ〝戦える〟という感触があったものの、彼だけはまったく相手にもしてもらえなかったでござるな。

そして、残念なことがあった。

あいにくと、拙者の目当ての一人であったファイターとは戦えなかったのでござる。

境界師殿が見せてくれた二人のファイターのうち片方。

なんと彼は現在、この国最強のファイターとして君臨しており、日夜忙しくあちこちを飛び回っているのだとか。

ううむ、今でも残念でならぬ。

あのような素晴らしいファイターと、どこかで相まみえたいものだ。

だが、よいこともあった。

あの死闘を繰り広げていたもう一人のファイターとはファイトすることができたのである。

彼の名は〝棚札《たなふだ》ミツル〟。

カードショップとやらの店長だそうな。

拙者は意気揚々と彼に挑み——そして敗北した。

全力を出したうえでの完敗である。

それは実力差というのもあるのでござろうが、彼——店長殿の場合はその戦い方も大いに関係があるのだ。

店長殿が求めるのは、お互いの全力を出し尽くしたうえでの決着。

さながら、誰とでもあの至高とも言えるファイトをするかのような。

しかし、拙者が思うに彼とのファイトが己の全力を引き出す要因はそれだけではない。

彼自身のあり方が、他者に「彼に勝ちたい」と思わせるのでござる。

すなわち、それは彼が常に自然体であるから。

人は、強くなるために理由が必要でござる。

拙者であれば、郷を守るため、究極の武に至るため。

理由のために人は強くなり、勝利を渇望《かつぼう》するのでござる。

されど店長殿にはそれがない。

強くなることに、理由を求めないのだ。

決して悪い意味ではござらぬ、店長殿はファイターとして常に目の前のファイトに全力を尽くしている。

そんな店長殿のファイトは、誰が見ても〝本物〟のファイトでござる。

そのうえで、店長は強くあることにこだわりを持たない。

それは、アレほどの強さを持ちながら小さなカードショップの店長であることに満足を覚える店長殿の性格ゆえ。

だが同時に、店長殿にこだわりがないからこそ、それに相対するファイターは己の渇望と向き合うことになる。

なぜ強くなりたいのか、なぜ強くなろうと思ったのか。

まるで店長殿のファイトは鏡のように、対峙《たいじ》したファイターの心を浮き彫りにする。

だからこそ、店長殿とのファイトに勝利するにしろ敗北するにしろ、そのファイトが終わった時、対峙したファイターは一つの成長を迎えているのだ。

ただ、拙者はその時目が曇《くも》っていた。

数多《あまた》の敗北で、自分を見失っていた。

そんな人間に、答えなど摑《つか》めるはずはない。

そのことに気付いたのは、帰り着いた郷で店長殿と再会した時でござる。

あの時、拙者は店長殿の奥方……エレア殿から動画を見せられたでござる。

それは、拙者と店長殿のファイトを撮ったもの。

そこに写っていた二人は――

まるで、あの時境界師殿に見せられたファイト動画に写っていた、店長殿とその親友殿のようでござった。

拙者は、外の世界での武者修行で自信を失い、それが失敗だったとその時まで思っていた。

しかし実際には違ったのだ。

数多のファイターとの戦いで、拙者の武は磨かれ。

そして、店長殿との戦いで芽吹いていたのだ。

ただ、拙者が気付いていなかっただけで。

そのことを理解した拙者は、その後店長殿から譲られたカードと、武者修行の折に手に入れたカードで新たなデッキを完成させた。

これまでの「北風」デッキを進化させた「極北風」デッキを。

特に、展開の要である〈極北風の先人〉は、店長殿を思わせる風貌《ふうぼう》をしていて、強力な切り札と並び拙者のお気に入りでござる。

そして、そのデッキを持って、三度外の世界に飛び出した拙者は——

店長殿に勝利することができたのだ。

まさに、望外の喜び。

あの時憧れた世界に、ようやく一歩近づけたような。

そんな感覚があったでござる。

けれど、そこで満足してはならぬ。

拙者はこれからも、強くならねばならぬ。

かつて憧れた究極の武を目指して、そして何より郷を守るという生まれた時からの使命を果たすため。

これからも、拙者は努力を続けるのだ。

17 デッキがデッキた！

カードゲームにおける楽しみは様々だが、やはりデッキを構築する楽しみは他に代えがたいものがあるだろう。

目の前にカードを並べて、ああでもないこうでもないと頭を悩ませる。

やがて完成する、四十枚のピースがはめ込まれたパズルは、まさに芸術のそれだ。

まぁ、ゲームによっては四十枚以上デッキにカードを入れてもいいのだけど。

そうして敢《あ》えて四十枚を超えるカードでデッキを組むか、必要ないカードを泣く泣く削り落として美しい四十の数字にまとめるかはプレイヤー次第。

俺は、可能なら四十枚に収めたいタイプだな。

収まりがいいというのは、何事にも代えがたい利点だ。

話はそれたが、イグニッションファイトにおいてもデッキ構築の楽しさは変わらない。

ちなみにイグニッションファイトのデッキ構築枚数は四十枚〝以上〟だ。

四十枚を超えていれば制限がないタイプだな。

ただ、デッキ構築の楽しさ自体は変わらないが……デッキ構築の考え方は前世とは結構異なる部分が多い。

なにせ人とカードの相性って概念がこの世界にはあるからな。

「店長、ちょっといいか？」

ある日、俺は熱血少年のネッカに呼び止められた。

特に忙しい作業があるわけではないので、そちらに向かって歩を進める。

「どうしたんだ？」

「ちょっと、デッキ構築の相談がしたくてさ」

ふむ、と考える。

こういう相談を受けるのは、カードショップの店長ならよくあることだ。

というか、ある意味カードショップの役割の一つというか。

この世界にカードの専門家は数多いが、一般人に寄り添う専門家は少ない。

専門家ってのは、主《おも》にエージェント、プロファイター、そしてカードショップの店長のことだな。

学校でもファイトクラブなんてものが存在するが、そういうクラブの顧問は普通の教師である。

そこまで専門的な相談ができるわけではない。

自然と、デッキ構築等の相談を受けるのはカードショップ店長の役目になった。

なので考えていることは、その相談を受けるか否かではなく、どうやって相談に答えるかというものだ。

「まず、何を悩んでるんだ？」

「デッキの枚数が四十枚を超えそうなんだよなー、俺、デッキは四十枚にしたい主義だからさ」

なるほど、と頷《うなず》く。

その気持ち……とても、とても良くわかる。

デッキはなぁ、四十という数字が一番美しいんだよ……！

とはいえ、ここで私情を挟んでもろくなことにはならない。

「じゃあ、ネッカはどうしたいんだ？　ネッカのことだから、悩んでると言ってもある程度は自分の考えがあるんだろ？」

「へへ、店長わかってんじゃん。候補は今のところ二つあるんだ。まぁ、四十枚にするか、四十一枚デッキで満足するかなんだけどさ」

基本的に、相談に答えるうえで、まず大事なのは相手の考えを把握することだ。

どこから相談すればいいのかすらわからないのか、ある程度考えがあったうえで、自分以外の視点が欲しいのか。

ネッカ少年のように、実力のあるファイターは幼くても自分の考えというものがしっかりしている。

だから、考えを聞けばある程度の方針は見えてくるのだ。

今回の場合は、一枚のカードを入れるか入れないかという点まで、考えはほぼまとまっているようだった。

「この〈バトルエンド・リターーン〉ってカードなんだけどさ。一度やられた仲間や、俺のデッキじゃんけんでセメタリーに行った仲間をもう一度サモンできるすっげー強いカードなんだけど」

「ふむ、蘇生《そせい》カードか」

ちなみに、デッキじゃんけんっていうのは、「バトルエンド」モンスター共通効果のガチンコジャッジのことだな。

ネッカ少年は、あの効果をそう呼んでいるのだ。

なんか、ホビーアニメっぽい呼び方でいいよな。

で、本題は蘇生カードの枚数について。

蘇生カード……つまりセメタリーからモンスターを呼び出すカードは、セメタリーにモンスターがいないと意味がない。

ただ、〈バトルエンド・リターン〉には一ターンの使用回数に制限がない。

二枚手札にあれば二回モンスターを蘇生できる。

だから複数枚入れるメリットは間違いなくあるのだ。

「ただ、デッキの枚数オーバーしてまで入れるかっていうと……うーん！」

「そうだなぁ……はっきり言うと、好みの問題だよな」

「ソレ言っちゃったら、デッキ構築の相談をする意味がなくなるぜ、店長！」

いやだって、ネッカ少年は自分で答えを出せるくらい強いファイターだし。

わざわざ俺に相談なんてする必要は本来ならない。

こういう相談は、本当にまだまだ初心者というか、自分で何をすればいいのかわからないくらいのファイターがするのが一番効果的なんだ。

とはいえ、ネッカ少年が求めてるのは……はっきり言えば〈バトルエンド・リターン〉

を増やすか減らすかの答えじゃないだろう。

俺が店長である以上、まったく別の考えを示すことが求められている。

まぁ、結構な無茶振りだからできなくっても文句は言われないけどな。

ただ今回は、既に俺の中で考えがまとまっているのでそれを示すことができる。

「なら、〈バトルエンド・ウィザード〉を一枚抜くっていうのはどうだ？」

「え!?　〈ウィザード〉を!?」

〈バトルエンド・ウィザード〉。

いつだったかの俺とのファイトでも使ったカードで、「バトルエンド」初動の要とも言えるモンスターだ。

前世なら、間違いなくフル投入必須のキーカード。

抜くなんていう選択肢、そもそも発生する余地がない。

けど、この世界はカードとの相性がある。

「ネッカなら、〈ウィザード〉をファイト開始時の手札に必ず加えることだってできるだろ？」

「いやいや、流石《さすが》にそれは無茶だって。まぁ、手札にいることは多いけどさ」

ネッカとウィザードの相性は、とてつもなくいい。

最初に手札を五枚ドローするわけだが、その中には必ず入っていると言っていいくらい。

だったら、いっそウィザードの枚数を減らしてしまうというのも手だ。

必ず初手にくるカードを、フル投入する理由も薄いだろ。

「デッキはネッカのファイトに必ず応えてくれる。だったら、それを信じるのも一つの手ってことだ」

「おおー……それっぽい」

「ぽいは余計だ」

そう言って、ネッカ少年の頭をワシワシする。

くすぐったそうな少年をひとしきりからかいつつ。

特徴的な彼の髪型は、俺が手を放すとすぐにもとに戻った。

生命の神秘……！

「よーし、じゃあそれも少し考えてみる。……でもさ、店長」

「どうした？」

話はまとまった。

とはいえ、ネッカ少年にはまだ懸念事項があるようだ。

「それ……〈ウィザード〉拗《す》ねないかな？」

なるほど、それはそうだ。

結局のところ、デッキからカードを抜くという行為はそのカードの機嫌を損ねてしまうかもしれないものだ。

無論、そうではないカードもいるし、そこはカードの性格……みたいなものによるとしか言えない。

「拗ねるかもな。でも、そうなった時の対処法は簡単だ」

「どうすればいいんだ？」

その言葉に、

「ファイトで機嫌を取る。もしもウィザードが拗ねたなら、その時は俺が機嫌取りに付き合うよ」

俺は相談に答えた者として、そう話を締めくくるのだった。

ネッカ少年は、とりあえず〈バトルエンド・リターン〉の枚数を減らす方向で考えたようだ。

理由は単純、それで不足ならまた考えればいいから。

もし〈バトルエンド・リターン〉がもう一枚欲しいなら、その時に改めて〈ウィザード〉を抜くか考えればいいのだ。

デッキ構築は試行錯誤《しこうさくご》。

一度ダメなら、次を試せばいい。

ぶっちゃけ、デッキ構築に正解なんてないのだから。

で、話はそれできれいにまとまったのだが。

その日の夜、二階のリビングに足を運ぶと——

エレアが、リビングで倒れていた。

「エレア⁉」

流石に、慌てて駆け寄ったものの。

すぐに俺はリビングのテーブルの上に置かれたエレアのデッキを見つける。

なるほど、いつもの〝発作〟か。

「てんちょー……そのまま抱えあげてくれてもいいんですよ……」

「必要ないだろ……」

「私が助かるんです……」

うー、と唸《うな》りながらエレアは起き上がった。

泣きそうな顔でこちらを見上げ、懺悔《ざんげ》するように叫ぶ。

「私！　また！　デッキを四十一枚にしてしまいましたー！」

――エレアは、極度のデッキ枚数四十枚主義者だ。

デッキ枚数が四十一枚を超えると、発作でこのように倒れてしまう。

しかし、そんなエレアにはデッキを四十一枚にしなければならない理由があった。

「いい加減慣れろよ……もしくは、デッキに〈エクレルール〉を入れないような構築にしろよ……」

「だって、だってぇ」

エレアのデッキには、エレア本人である〈帝国の尖兵《せんぺい》　エクレルール〉が入っている。

しかしこれを人前で使うと、一応正体を隠しているエレアの正体がモロバレになってしまうのだ。

だから、外でファイトする必要がある時、すぐに〈エクレルール〉を抜けるようデッキを四十一枚にする必要がある。

「私を抜くと……！　〈帝国〉デッキに美少女カードが一枚も無くなってしまうんです！」

「自分で言うか……」

可愛《かわい》い美少女が好きなオタクのエレアにとって、たとえそれが自分であったとしても、デッキに美少女がいないという事実は耐えられないことなのだろう。

こだわりの強いファイターは大変だなぁ……と思うのであった。


ＴＩＰＳ：四十枚にしないと死ぬのがエレア、四十枚に可能な限りしたいのがネッカ。

可能なら四十枚にしたいけど臨機応変に対応するのが店長とヤトちゃん。

気にしないのがダイア、クロー、刑事さん。

デッキ枚数が四十枚じゃないと、いけないことをしてると感じて興奮するのがハクさん。

18　俺の店には、月イチの定休日がある

俺の店には、月イチの定休日がある。

月の中頃、人があまりこない平日に休みをもらうことがほとんどだ。

理由は俺とエレアのリフレッシュのため。

基本週休二日で、事前に言ってもらえれば追加で休んでもいい。

平日ならある程度融通《ゆうずう》は利くし、土日だって調整したうえでなら問題ない。

そもそもやりたくて仕事をしているから、というのもあるが。

それなりに福利厚生はしっかりしていると思う。

実質家族経営のなせる業というか。

まぁ、そのうえで一日くらいは店のことを気にせず休める日があってもいいだろう、ということで定休日を設けているのだ。

そして定休日は、二人揃《そろ》ってどこかへ出かけることが多い。

なんというか、アレだ。

傍《はた》から見ればデートのように見える……のかね？

「ミツルさん、あそこ、あそこですよ」

「おー……なんか、それっぽい店だな……」

定休日は、敢《あ》えて俺を店長ではなく〝ミツルさん〟と呼ぶエレアに連れられて、俺はと

18　俺の店には、月イチの定休日がある

ある店にやってきていた。

その店はなんというか、外見からしてこう……パンク！　な感じの店だ。

腕にシルバー巻いてそうな人がゴロゴロといる。

「ヤトちゃんに紹介してもらったんですよ」

「そこは何の疑問もないだろ」

何でもここは、ヤトちゃんの私服の九割が調達されている店らしい。

残り一割は姉であるハクさんのお下がり。

あのやたらパンクなファッションセンスは、ここで培《つちか》われたそうだ。

「ここで、ヤトちゃんとおそろにしてヤトちゃんを驚かせちゃいますよー」

「驚かれるどころか、心配されそうだけどな」

普段のエレアは、可愛《かわい》い系の私服が多い。

何なら尖兵《せんぺい》エクレルールですら、基本は軍服だけどある程度少女らしい感じになってるからな。

ゴリゴリのパンクファッションは、普段のエレアの趣味ではないだろう。

「いや、別に好きなファッションはありますけど、嫌いなファッションってないですよ私」

「まぁ、だいたい何着ても似合うしな……」

「なんなら、ちょっとエッチなのでもオッケーです！」

「聞いてないが」

親指ぐっ、じゃないんだよ。

テンション高めに言っているけど、普段の眠そうな表情は一切変わっていない。

こういう時のエレアの感情が、一番読めないんだよな。

「ちぇ。とにかく入ってみましょうか。ヤトちゃんは今は学校なので、店でばったりということはないはずです」

「ばったり会ったら、普通に話せばいいいんじゃないか？」

「風情《ふぜい》とか、ドッキリ感が欲しいんです」

なんて言いながら中に入ると、幸いにもヤトちゃんの姿はないようだった。

代わりに、ジャラジャラとした感じのゴツいファッションが店内に所狭《ところせま》しと並んでいる。

いやぁ、なかなか壮観だ。

「というわけで、ミツルさんはレビューをお願いします」

「率直な感想しか言えないけどな」

「それが一番欲しいんですよ」

早速、エレアは店内を漁《あさ》り始《はじ》めた。

こういう時は、適当に暇《いとま》するのが同行人の仕事なのだろうか。

なんて思いながら、店内を見渡す。

当然といえば当然だが、ファッションというのはよくわからない。

前世はオタクだし、この世界の男性は基本いつも同じ服を着ていることが多いのだ。

アニメみたいな世界だからだろうか。

おしゃれな女子という設定ならともかく、普通の野郎の服が毎回変わってたらデザイン面倒だものな。

まぁ、それを笠《かさ》に着て同じような服を着回しているからファッションに対する理解がいつまでも追いつかないのだろうが。

「ミツルさーん、とりあえずいくつか見繕《みつくろ》いましたよー」

「おーう」

考え事をしていたら、エレアに呼ばれたのでそちらに向かう。

そこは試着室の前で、中にエレアがいるのだろう。

「というわけで、早速一着目でーす」

「おーう」

そして、カーテンがぱっと開くと、中から黒まみれのエレアが現れた。

正統派……と言っていいのだろうか、ヤトちゃんがよく着ているパンクファッションに似ている。

「じゃじゃーん、どうですかー？」

「おーう」

「おーうじゃわからねんですよ！」

いや、ツッコミ待ちだったんだが、三回も口にできてしまったな。

ともかく。

「いいんじゃないか、可愛いと思うぞ」

「にゅうーっ！　ざっくりとした感想です！」

俺が答えると、自分の頬を思い切り押してそんなことを言う。

何なんだ一体。

「雑な感想を咎《とが》めなくてはならないのに、可愛いと言われて嬉《うれ》しくなってしまう自分を戒《いまし》めているのです」

「そ、そうか」

「とにかく、具体的にお願いします」

つまり照れているということだ。

そう言われると、こちらまで気恥ずかしくなってしまうのだが。

そうだな……。

「エレアの小柄さと銀髪が、いい感じにギャップになってると……思う」

「んー、なるほど」

そう言って、口元に指を当てつつ。

「それは私も思っているところではあります、なんというか……素直に合わないんですよね、私とパンク」

「ええと、つまりどういう？」

「可愛さの暴力で、なんとか似合ってる感じに見えてるだけで、ヤトちゃんみたいに着こなせてはいないということです」

18　俺の店には、月イチの定休日がある

自分で可愛さの暴力と言い出すのはどうかと思うが。

言わんとしていることは理解《わか》らなくもない。

ヤトちゃんは、スラッとしていて足が長いのもあって、そもそもパンクファッションが似合うのだ。

バッチリ決まっていると言っていい。

エレアの場合は、なんというか子供の背伸び感が出るんだな。

「というわけで、次の候補に着替えます」

そう言って、シャッとカーテンが閉められた。

待つこと少し。

「次はこれです」

「おー」

現れたのは、パンクっぽさを維持しつつもフリルが加わった服に身を包んだエレアだった。

「ただパンクに寄せると、着られてる感が出てしまうので私らしさを加えました」

「なるほどな……しかしこれ、アレだな」

「なんですか？」

「ゴスロリっぽい」

というか、黒系の服でフリルが増えると途端にゴスロリみたいになる。

まぁ、服のことよくわからんので、あくまで印象の話だが。

「あー……そうなると、なんというかアレですね」

「レンさんに寄っちまうな」

レンさん……つまるところヤトちゃんの上司の翠蓮《すいれん》は基本常にゴスロリ衣装を身にまとっている。

彼女が金髪なのも相まって、印象が被るんだよな。

「となると……もう少しフリルを少なめにして、ギリギリまでパンクに寄せたほうがいいんですね」

「多分な」

「んー、探し直しです。こっちはいいと思ったんですけどね」

ともあれ、方針は決まった。

後は吟味《ぎんみ》するだけ……だそうだ。

「そういえば、ふと気になったんだが」

「なんですか?」

「ヤトちゃんって、どうしてパンク趣味なんだろうな?」

なんというか、ヤトちゃんの趣味はエレアとかなり似通っている。

可愛いもの好きで、趣味だけで言ったらエレアのような可愛い系の服のほうが好きそうなものだが。

「んー、ファッションって感性というか……しっくり来るかっていうのも大事だと思いますから」

「しっくり来るか？」

「はい、例えば私の場合は……可愛い系の服に馴染《なじ》みがあるんです」

馴染みがある？　イマイチピンとこなくて首をかしげる。

「私の故郷だと、ああいう服がトレンドでした」

「マジで!?」

え!?　あの殺伐《さつばつ》とした感じの帝国！　って感じの世界観なのに!?

いや、よくよく考えるとエレアの使う「帝国」モンスターは、割とかっちりした軍服じゃなかったな。

エレア以外の女性タイプのモンスターは、顔が見えなかったり絵柄が濃かったりはするが。

「寿命がこっちの人より少しだけ長いから、若い時代も長いんですよ」

「ああ、それで」

言われてみれば、ある程度納得できる理由だ。

若い頃が長いから、それに合わせた服が主流になる……と。

「ま、日常生活から軍服だったので、そういう服を着る機会なんてなかったんですが」

「……そうか」

ただまぁ、そんな当たり前の文化も、帝国は破壊したみたいだが。

それでも、多少なりとも軍服に意匠《いしょう》を残したのは最低限の抵抗だったのか。

「つまり、ヤトちゃんにもパンク衣装がしっくりくる理由があるんじゃないですかね」

「なるほどな。……ま、これ以上掘り下げる必要もないか」
「ですね」
そうしてエレアは服漁りに戻り、俺は――
不意に、視線がある場所で止まる。
そこに、〝それ〟があったのだ。
基本黒一色の店内において、それだけは青色を基調とした服だった。
特徴的なのは、デカめの白いベルトか。
それは、端的に言えば〝アレ〟だったのだ。
そう、決闘者《デュエリスト》なら誰もが知っている。
あの、伝説の、決闘王《デュエルキング》――
武藤遊戯《むとうゆうぎ》の着ている服にそっくりだ――――!
思わず声を上げそうになった。
いやだって、そのままなんだもの。
完全に遊戯さんのアレなんだもの。
すごい、ほんものだ！
思わず興奮しそうになるのを抑え、俺はじーっとその服を見続けるのだった。
……着てみないのかって？　恐れ多いわ！

19　大変！　エレアが目を覚まさないの！

「大変！　エレアが目を覚まさないの！」

朝早く、俺が開店準備をしているとヤトちゃんが勢いよく駆け込んできた。

時刻はまだ九時になる前、店の開店時間までもう少しある。

慌てた様子で、なんだかよくわからないがエレアをお姫様抱っこしている。

確か、昨日はエレアがヤトちゃんの家に遊びに行ったのだったか。

泊まりで楽しんでくると言っていたはずだが……なるほど、なんとなく状況が読めてきた。

「エレアが目覚めないって、いつから？」

「朝から……どれだけ揺すっても起きなくって……」

「なるほどな」

概《おおむ》ね想像通りの状況なようだ。

とりあえず、まずはエレアのことよりも慌てているヤトちゃんを宥《なだ》めないといけない。

エレアがどういう状況であれ、ヤトちゃんは本気で心配しているのだから。

「まず、落ち着いて聞いてほしいんだけど」

「え、ええ」

「エレアは――普通に寝てるだけだ」

「えっ？」

エレアは、まるで呼吸が止まったかのように動かない。

きっと、ここに連れてくるまで色々と努力したのだろう。

急いで来たようだから、相当揺れていただろうにそれでも起きなかったのだ。

ヤトちゃんは相当心配したことだろう。

――が、これは普通に寝ているだけだ。

「で、でも……呼吸してないわよ！」

「エレアは寝てる時の呼吸が極端に浅いんだよ。口元に耳を当ててみろ」

「……ほんとだわ、少しだけ空気の音がする」

一見、エレアの呼吸は止まっているように見える。

しかしそれは、エレアがほとんど呼吸をしていないだけだ。

「そしてエレアは、自分が決めた時間にしか起きない。きっと、起きる時間を十時頃にしたんだろう」

「……そんなことできるの？」

「できてるんだから、できるとしかいいようがない」

モンスターだからな、なんかこう、いい感じになるんだろう。

実際、エレアはこの時間に起きると言ったら必ずその時間に起きることができる。

羨《うらや》ましい能力だ。

なんとなく想像がつくかもしれないが、エレアの能力は帝国時代に偵察兵《ていさつへい》として磨《みが》かれたものだ。

睡眠時間が限られていて、この世界の人間より頑丈《がんじょう》であるはずのエレアが「過酷だった」という生活。

少しでも休めるように、こういった能力を身につけることは必須だったらしい。

そのうえで、仮に自分へ敵意を向ける誰かがいた場合、気付いた瞬間即座に起床することもできるそうだ。

しかし、それに関しては今まで一度として俺は見たことがないが。

「じゃ、じゃあエレアは……問題ないのよね？」

「ああ、まったく問題ない。いつも通り平常運転だ」

「これが平常運転って……やっぱりエレアは変わってるわ」

そうだね。

まぁ、この能力がかつての経験から来ているというのは同情できる点なのだ。

問題は、それをヤトちゃんに伝え忘れていたことなのだ。

お前……わかっていただろうに……！

あと、何で他人の家で十時過ぎるまで起きない設定で寝るんだよ！

寝すぎだろ！

というわけで、同情できる点を自分で潰したエレアには自室で起きるまで寝ていてもらおう。

ヤトちゃんにこのまま部屋まで運んでもらうよう頼む。

流石《さすが》に俺がエレアの部屋に入るわけにはいかないからな。

んで、エレアは無事にベッドへダイブしたわけだが……。

「じゃあ、私はこれで……」

「ちょっと待った、ヤトちゃん。朝食は食べてきたか？」

「え？　いや、えっと、姉さんは朝から機関のほうに行ってるから用意してないし、私もエレアのことでバタバタしてたから……」

「食べてない、と」

「……ええ」

なんとなく、しょんぼりした様子で頷《うなず》くヤトちゃん。

いや、別にヤトちゃんを責めたかったわけではないのだ。

慌ててヤトちゃんにそう伝えつつ……。

「食べていかないか？　朝食」

「えっ？」

「多分、軽いものしかできないけど……俺が用意するよ」

「えっ？　えっ？」

これでも、大学時代は一人暮らしだった。

今は実家が店に近いから、実家暮らしをしているけれど。

家事は普通にできるほうだと思う。

何か冷蔵庫の中に残っていればいいんだが……。

と、思いつつヤトちゃんに食べていくよう促すと——

「えええええええええっ⁉」

ヤトちゃんの驚きの叫び声が、店内に響き渡るのだった。


というわけで朝食を済ませて、一息ついたところだ。

味の感想？　ベーコンと目玉焼きの組み合わせに味の善《よ》し悪《あ》しなんてあるものかよ。

まぁ、できたものをおっかなびっくり食べているヤトちゃんは、なんというか見ごたえがあったが。

こういうことに慣れていないんだろう。

「……まさか、昨日の今日で、初めての出来事が三つも起きるなんて思わなかったわ」

「三つ？」

「友達が家に泊まりに来る、家族じゃない人に朝食を作ってもらう、後……友達が死んじやったって誤解する」

「はははっ、そりゃ確かに貴重な経験だ」

「笑わないでよ、恥ずかしいんだから！」

まぁ、こればっかりは微笑《ほほえ》ましく思ってしまうのもムリはない。

そもそもエレアだって友人の家に泊まりに行くのは初めての経験だ。

そう考えると、自分の寝付きの良さを伝え忘れることも仕方ないのかもしれない。

……いや、やっぱり十時まで起きないのはダメだろ。

「えっと……その、美味《おい》しかったわ、ありがとう」

「お粗末様でした」

「でも……良かったの？　開店準備中だったのでしょう？」

「問題ないよ、ほとんど終わってたから」

スマホでも弄《いじ》って時間を潰すか、フィールドのオンラインファイト機能でも使うか……

とか考えていたところだ。

そういう意味でも、ちょうどよかったといえばよかったかもしれない。

んで、そうだな。

ここにヤトちゃんがいるなら……やるべきことは一つだろう。

「ヤトちゃん、デッキは持ってきてるか？」

「え？　ええ、一応」

「なら、ファイトしないか。フィールドを使ってさ」

俺の提案に、ヤトちゃんは目を白黒させる。

別に、理由なんて特にない。

ファイトというのは、やりたくなったらやればいいのだ。

「お金は持ってないけど……」

「別にいいよ、今は開店してないしな。まぁ、店長特権ってやつだ」

なんて言って、宥めすかして。

別にフィールドでのファイトでなければ、ヤトちゃんもためらうことなく受けてくれるのだろうが。

それでも俺は、フィールドが使えるならフィールドでファイトしたい人間だからな。

というわけでお互いにデッキをフィールドにセットして、ファイトを始める。

「イグニッション！」

「い、イグニッション！」

ヤトちゃんは若干ためらいがちだったものの。

「私のターン！」

自分のターンに入れば、ファイトに集中してくれた。

「私は、〈蒸気騎士団《パンクナイツ》　探偵《たんてい》ショルメ〉をサモン！」

そういえば、ヤトちゃんの使用テーマは「蒸気騎士団《パンクナイツ》」と呼ばれるデッキだ。

いわゆるスチームパンク系の世界観をモチーフにしたモンスター群のデッキ。

スチームパンクといえば、英国モチーフなイメージがあるが、蒸気騎士団《パンクナイツ》は何故《なぜ》か肝心の探偵がホームズではなくショルメである。

若干ネーミングにフランスっぽさもあるんだよな。

ともかく。

ヤトちゃんのデッキは、ヤトちゃんに似合っていると俺は思う。

単純に、ヤトちゃんはパンクファッションが趣味で、デッキが蒸気騎士団《パンクリイツ》だからとかそういうわけではなく。

しっくり来るのだ。

「……そういえば店長さんは、私の〝秘密〟って……知ってる？」

「どうしたんだ？　急に」

俺が「蒸気騎士団《パンクナイツ》」モンスターをしげしげと眺めていたからか、ヤトちゃんがそんなことを聞いてくる。

「……秘密があることは知ってるけど、その内容までは知らないってところかな」

「エレアと同じなのね」

そりゃまぁ、俺もエレアも周囲との関係性は似たようなものだからな。

刑事さんやハクさんから、秘密の存在を匂わされる程度だ。

「正直……大した秘密じゃないのよ？　私は、別に困ってないし」

「そりゃまぁ……今のヤトちゃんを見てればそれはわかるけど」

「あはは、ありがとう。でも……そうね、今はとりあえず秘密のままにしておきましょう」

「どうして？」

別に、話してほしいというわけではないけれど。

俺は純粋な疑問として、そう問い返した。

「秘密を明かすのは、エレアがエレアの秘密を話してくれた時にしたいから、よ」

「……なるほど」

ヤトちゃんに秘密があるように。

エレアにも秘密がある。

お互いにとって、それは別に特段話す必要性のあることではないのだろう。

なら、今は別にそれでいい。

結論としては、至極ありふれたものだった。

「さ、ファイトを続けましょ」

「ああ。そろそろエレアも、起きてくるだろうしな」

なんて、二階で眠りこけているうちの店員の姿を俺は想像しながら、開店前の穏やかな時間をファイトで過ごすのだった。


後日、エレアが頭を抱えていた。

「店長――見てくださいよ――」

「どうしたどうした」

そう言って、エレアが手にしたスマホを俺に見せてくる。

そこにはこう書かれていた。

『疾走《しっそう》する美少女と、お姫様抱っこされる美少女が町中に現る。これが現代の生てぇてぇか』

というニュースの見出しだった。
見出しがオタクすぎないか⁉
と思ったものの、写真に写った必死なヤトに抱えられたアホ面のエレアを見ていると、
仲いいなぁ……という謎の感慨《かんがい》が湧いてくるのだった。

20　なんか全部わかってる感じの中二系ロリ

「感慨深《かんがいぶか》げにしないでくださいよー！」

散々話題になっているが、闇札《やみふだ》機関の最強ファイター。ヤトちゃんこと夜刀神《やとのかみ》と、その姉、ハクさんこと白月《しろつき》の上司。

名前を翠蓮《すいれん》という。

俺にとっては、ヤトちゃんと出会う以前からの知り合いだ。

何なら店の常連でもある。

あまり顔は出さないけど。

そんな翠蓮。

これがまた、キャラの濃いうちの常連の中でも特に変な奴《やつ》なのだ。

というのも――

「今宵《こよい》！　翠蓮は天の民の元へ降臨した！　喜べ民よ！　大地の化身たる翠蓮はここにいる！」

店に入って、少女は開口一番そう宣言した。

金髪の、少女だ
背丈はネッカ少年等とさほど変わらない。

衣服を黒いゴスロリで統一した少女は、その口元に残虐《ざんぎゃく》さすら感じさせる笑みを浮か

べている。

片目を眼帯で覆った少女は、その言動も相まってその個性を存分に発揮《はっき》している。

すなわち、中二病だ！

初めて会った時は、あまりにもコッテコテなその姿に思わず絶句したものである。

とはいえ、その実力は本物だ。

条件さえ合えば俺やダイアと対等にファイトできる、といえばなんとなく想像してもらえるだろう。

まぁそりゃ、組織の最強キャラポジションなんだから、それくらいはできないと困るのだけど。

それはそれとして。

「レンさん。今は昼だし、後コードネームそんな大っぴらに口にしてどうするんだ」

「構わん。所詮《しょせん》コードネームなど仮の名、知られたところで仔細《しさい》なし」

「その割には、いつもコードネームのほうを名乗ってるけど……後、結局天の民ってなんなんだ？」

天の民、というのは俺のことらしい。

基本的に彼女は他人を◯◯の民、と呼ぶがそのほとんどは相手の特徴を捉えたものだ。

ダイアなら王の民、エレアだったら瞳《ひとみ》の民。

後者はわかりにくいけど、偵察兵《ていさつへい》として人より〝視力〟に優れる点を指しているのだろう。

「天と店のダブルミーニングだ。我ながら洒落《しゃれ》た名前だな、うんうん」

「店はともかく、天のほうはどこから来たんだよ……とりあえず、いらっしゃい。今日は何のようだ？」

「無論決まっている……天の民の地にて催される宴《うたげ》に、我も参加するのだ！」

「ああはい、ショップ大会に参加するのね、じゃあ名前をこれに書いて」

うむ、と元気よく頷《うなず》いて、レンさんは紙に名前を書いた。

「翠蓮」、いややっぱこれダメだと思うんだけど……まぁいいか、いつものことだし。

それと、レンさんの本名は「レン」だ。

「レン」に自分のデッキと関連のある文字「翠」を足して「翠蓮」。

これ、ヤトちゃんとかハクさんも同じ感じらしい。

つまり、ヤトちゃんとハクさんの本名は、やっぱり「ヤト」と「ハク」なわけだな。

「さて、今日の我の贄《にえ》となるのはどこのどいつらだ……？　大会が始まる前に、一つ味見をしてやろう」

「味見て……」

そう言って、レンさんはフリー卓のほうへと向かっていく。

今日の参加者は――まだ開始前なので、集まりきっていない。

たまに見かけるお客が数人と……見知ったところだと、少し珍しい奴が参加していた。

「おお、刑事の民ではないか！　久しいな！」

「うお！　レンのお嬢か……まさかこの店で出会うとは」

20　なんか全部わかってる感じの中二系ロリ

刑事さんこと草壁《くさかべ》。

ネオカードポリスのエージェントだ。

つまるところ、レンさんと刑事さんは同業である。

片や秘匿《ひとく》組織、片や公的組織という違いはあるものの。

やはり面識があるようだ。

ただ、基本的に刑事さんもレンさんも、あまり店にはやってこない。

単純に忙しいからだ。

特に大会に参加する刑事さんなんて稀《まれ》も稀。

レアカードよりレアかもしれない。

しかしそれも、ある意味でこの二人がここで出会う運命だったからかもしれない。

この世界にはカードに関わる運命力が実在する。

それが、こういった形で作用してもおかしくはない。

「ふむ……刑事の民と戦える機会など滅多にない、どうだ、一つファイトしてみないか？」

「大会はまだ始まらねぇし、そもそも俺もファイトの腕試しに来てるから構わねぇが……」

そんな運命的な出会いを果たした（語弊《ごへい》のある言い方）二人だが。

刑事さんのほうは、ファイトに乗り気じゃないようだ。

まぁ、気持ちはわかる。

「ふ……我が怖いのか？」

「怖いか怖くねぇかで言ったら、怖いに決まってるだろうよ。この街で一番強いファイターの一人だぞ？」

「ふん！　聞いて呆《あき》れるな！」

レン――翠蓮はこの街で最も強いファイターと言っても過言ではない。

というか、世界で戦えるほどの実力を有している。

対して刑事さんはそれなりに手練《てだ》れとは言え、それに追いつけるほどじゃない。

だから気後れするのもムリはないのだが……。

「それが刑事のすることか？　刑事とは、ハードボイルドに事件を解決し、夜の酒場で酒を呑《の》みながら煙草《たばこ》をふかすものだろう。お前のような軟弱者が、果たして刑事を名乗れるのか？」

「……ほう、言ってくれるじゃないか」

「事実を事実として口にしたまでだ。ふふん、我のような素晴らしき大地の化身の前に、怖気《おじけ》づくのが刑事のやることだというなら、認識を改めるまで」

流石《さすが》に、常に刑事ロールプレイを続けている生粋《きっすい》のプロ刑事にとって、今の言葉は聞き捨てならないようだ。

まぁそもファイターなんて生き物は、ちょっと挑発してやればすぐファイトを始める戦闘狂ばかりなのだが。

「いいぞ、やってやろうじゃないか、レンのお嬢」

「かかってくるがいい、刑事の民。……天の民よ！」

「ん、俺か？」

話を横で聞き流していた俺に、突然レンさんが声を掛ける。

「あのフィールド、今は空いているな？」

「そうだな、まだ客も来始めたばかりだから、待ち時間はないぞ」

「では、フィールドを使ってファイトだ。軟弱たる刑事の民に、我が指導を与えてやろう！」

斯《か》くして、フィールドを使ってファイトをすることになった。

律儀《りちぎ》にフィールドの使用料金を支払ってくれる二人から、代金を受け取りつつ。

俺はファイトの行く末を見守る。

「「イグニッション！」」

二人の掛け声とともにファイトは始まった。


「ぐえー！」

そして数分後、レンさんは敗北した。

案の定だった。

「勝負あったたな」

「お、おう……俺は勝ったのか？」

困惑しているのは、勝利した刑事さんである。

なんというか、手応えがなさすぎるという感じだ。

まぁ、ムリもない。

「実を言うと、レンさんの強さは限定的なものだ」

「そうなのか？」

俺が解説する。

レンさんはこう、自爆に巻き込まれて倒された人みたいな感じで地面に横たわっていて。

ちょうどやってきたエレアによって回収されていった。

あれ、着せ替え人形にでもするつもりか？　顔やばかったけど。

で、そのレンさんだが。

「レンさんが強いのは、ダークファイトをする時だけなんだよ」

「あー……テンションに応じて、強さが変動するタイプってことか」

普段のレンさんと関わりのなかった刑事さんは知らないだろうが、レンさんはダークファイト以外だとそこまで強くない。

せいぜい、ネッカ少年達と同じくらいだ。

十分強いけど、ネッカやクローとなら刑事さんもいい勝負できるんだぞ？

そして、その原因は刑事さんの言う通り、テンションによって強さが変動すること。

ファイターというのは、その場のテンションで持っている運命力が変化し強さもそれに合わせて変化するのだ。

具体的には、俺は雑魚《ざこ》相手のダークファイトだと封殺《ふうさつ》戦法を取るが、表のファイトだとその封殺戦法がうまく使えない、みたいな。

レンさんはその極致《きよくち》みたいな存在である。

「……じゃあ、なんであんな自信満々にファイトを挑んできたんだ？」

「そういう性格だから……としか」

なんかこう、調子に乗って失敗するタイプなんだよ、普段のレンさんって。

闇札機関でシリアスしてる時は、無敵みたいなムーブするのに。

それと同じムーブをして、わからせが発生するのが日常生活のレンさんである。

変な人だ……。

ああそういえば、多分これも刑事さんは知らないよな。

普段のレンさんとほとんど関わりないなら。

と思って、俺が口を開いた時。

「っしゃ、とうちゃーく」

熱血少年のネッカが、勢いよく店に入ってきた。

「いらっしゃい、元気そうだな」

「俺はいつだって元気だぜ、店長！　ってうお！　刑事さんだ⁉　こんなところで珍しいな」

「ネッカの坊主じゃねぇか、またあぶねぇことはしてないだろうな？」

「し、してないしてない！」

で、俺に挨拶したらそのまま刑事さんと話を始めるネッカ少年。

色々と事件に首を突っ込むネッカと刑事さんは顔見知りらしい。

まぁ、お互いこの街の強いファイターだからな、そういうこともあるだろう。

で、そんなネッカ少年は店の中を見渡すと――隅でエレアに髪型をいじられているレンさんを見つけた。

楽しそうだな、あっちは。

「あ、レンじゃん」

「む！　熱血の民！　奇遇だな、休日に出会うなど！」

「そりゃ、この店に来たら俺と会うのは普通だろ、ホームだぜ、ここは俺の」

髪型をいじられつつ、髪を梳《す》かれるのが気持ちいいのだろう、猫みたいに目を細めていたレンさんにネッカ少年が挨拶をする。

こちらもまた、顔見知りだ。

「なんだ、坊主もレンのお嬢と知り合いなのか」

「ん？　当たり前だろ――」

そう問いかけた刑事さんに、ネッカ少年が――

「レンは、クラスメイトだからな」

答える。

え？　と刑事さんが疑問符を浮かべてこちらを見た。

そう、そうなのだ。

この少女――レンは、明らかに只者《ただもの》ではないのだが、見た目は実年齢と一致しているのである。

すなわち、小学生。

ネッカ少年と同じく、この街の小学校に通う少女であった。

中二ロリ系最強キャラ、翠蓮の場合

この世に神がいるとしたら、その神は人とファイトが好きで好きで仕方がないのだろう。

我、大地の化身たる翠蓮は、世界を守るという使命を持って、特別な一族の当主として生まれた。

母より受け継いだ世界を守るための剣、「秘密闇札対策機関」――闇札機関の盟主《めいしゅ》として。

しかし、世界を守るという使命は、一筋縄では行かないものだった。

なにせ、この世界には事件が多すぎるのだ。

毎日どこかしらで、悪魔のカードに関する事件が起きる世界。

ふざけてるのか？　治安悪すぎるだろ。

我、毎日大忙しである。

これでも、普段は年相応に学校に通う身だ。

ただでさえ足りない時間が、学校に吸われているということでもあるのだが。

これも母のお言葉、「人として生きることを第一とするべし」。

実際、それはとても大事なことだ。

我のような特別な存在——才能に恵まれたファイターは、どうしたって普通の生活をするというのは難しい。

我が、生まれた時から闇札機関の盟主となることが定められていたように。

他にも例を挙げるならば、我のクラスメイトであるネッカはその典型だろう。

彼には、大いなる運命が伴っている。

何《いず》れはかの逢田《あいだ》トウマのように、この国を代表するファイターになる素質を持っているからだ。

そんな素質を持った人間が、普通の人間として生活することは不可能と言っていい。

事実、ネッカはこれまで幾度となくダークファイターに関わっている。

これからも、誰かを守るために彼は戦いに身を投じるだろう。

世界は、危うい均衡《きんこう》によって保たれている。

常に多くの事件が起き、それを無数の強き善なるファイターが阻んでいる。

危うい、あまりにも危うい。

そのような世界、果たして正常と言えるだろうか。

否、決して否である。

我は思う、世界とは退屈で善《よ》いのだ。

退屈であればあるほど、それは平和であるということなのだ。

だから、何れ我は闇札機関の盟主として、この世界の危機という暗雲を払わねばならない。

そう、思っていた。

だが、我は奴に出会った。

出会ってしまった。

天の民。

カードショップ〝デュエリスト〟の店長にして、世界の守護者。

棚札《たなふだ》ミツル——神の使いだ。

我が天の民に出会ったのは、少し前のこと。

その頃の我は、使命感に駆られていた。

組織を受け継ぎ、盟主になった者として。

世界を正さねばならないという使命感に。

だから、なんというか——無茶をしていたのだ。

結果、我は倒れた。

疲労によってだ。

まだ幼子《おさなご》であるこの身体《からだ》、ムリに耐えられるものではなかった。

あの時の我は、そもそも学校など無駄な時間と思っていたし、その時間を闇札機関での活動に当てるべきだと本気で思っていた。

だから、倒れてしまったのだろう。

〝あの〟カードショップの前で。

「おい君、大丈夫か？」

そう、声をかけられたのを覚えている。

その時見上げた奴の顔は――あまりにも地味で、どこにでもいる普通の青年のようだったと記憶している。

それから、天の民に我は助けられた。

二階の居住スペースを貸してもらい、そこに住んでいる瞳の民――エレアに世話をしてもらった。

もとより、家には使用人を多数抱えている身、世話されることには慣れている。

しかし、もしかしたらその時が初めてだったかもしれない。

世話されることを、温かいと思ったのは。

それから、天の民との交流は始まった。

我は奴を単なる普通のショップ店長としか思っていなかったから、その頃は店の民と呼んでいたのだったな。

まぁ、実際には大いなる見誤りだったわけだが。

しばらくして、そのショップにクラスメイトである熱血の民――ネッカが通い詰めていることに気がついて。

他にも、王の民――ダイアを始めとして多くの強者《つわもの》があのショップに通っていると知った。

我も、その一人というわけだ。

しかしどうしてだ？　なにゆえあの男の元に、これほどの強者が集うのか。

どころか、瞳の民は人間ですらない。

モンスターだというのだから、驚きだ。

我の配下にもモンスターがいるが、配下以外で人間タイプのモンスターを目にしたのは初めてのこと。

そして、我の配下は明らかにモンスター然とした異質さがある。

本来、人型モンスターとはその異質さから、強者が見れば一目で人型モンスターと見抜けるものなのだ。

いや、アヤツの場合身長二メートル超えの美女だ。異質さとかそれ以前の問題だな？

まぁ、他にも異質さの例外はあるがな。

だが瞳の民にはそれがない――彼女は、まるで普通の少女のようにこの世界で生きていた。

それを成したのが天の民であることは、彼女の態度を見れば言うまでもないことである。

まぁ、天の民はまったく気がついていないようであるがな！　ふん、乙女心《おとめごころ》に対してだけは鈍亀《どんがめ》のような男だ！

話を戻すと、我が初めて会った時〝普通の人間〟としか思わなかった奴にこそ、周囲の人を集める何かがあるらしい。

我には、それがさっぱり理解らなかった。

奴は強い、だが、大いなる闇と対峙《たいじ》したことがないという。

せいぜい、日常的に現れる悪魔のカードの使い手を時折対処する程度。

そのような、凡庸《ぼんよう》な人間のどこにそのような素質があるのか。

――天の民の本質を知ったのは、とある敵を追い詰めている時のことだった。

そのファイターはあまりにも強敵で、闇札機関のエージェントでは歯が立たなかった。

我以外に、奴を倒せるエージェントはいない。

ネオカードポリスにも、それは不可能だろう。

可能だとすれば、王の民も、王の民くらいなもの。

しかしその王の民も、あいにくと大事な大会の最中。

頼るわけにはいかない。

結果我は独断で専行し、その敵を倒そうとして――敗北した。

完敗だった、手も足も出なかった。

相手が強かったのもそうだが、我とその敵はあまりにも相性が悪すぎたのだ。

更に、その敵の狙いは我であった。

最強を自負するエージェントでありながら、己の使命に囚《とら》われた脆弱《ぜいじゃく》な当時の我は、敵にとって〝器〟として最適だったのだ。

奴は最初から、我を乗っ取るためにおびき寄せたのだ。

そのことに気付いたのは、全てが終わった後だった。

我のワガママな、使命という言葉で飾られた子供の無茶が、多くの人に迷惑をかけるのだ。

何しろ、奴は〝悪魔のカード〟ではない。
もしも洗脳《せんのう》された我がファイトの末に誰かを手にかけてしまったら。
取り返しがつかなくなる。
全て、我のせいだ。
そう自覚しながら、我は奴に乗っ取られる直前。
「レンさん、大丈夫か？」
——天の民の言葉を、聞いた。
気がつけば、我を追い詰めた敵は、天の民によって退治されていた。
それも天の民曰《いわ》く、〝大したことがなかった〟とのこと。
何だそれは、いくら天の民が本気を出せば王の民くらい強かったとしても。
我だって、ダークファイトにおいては天の民を凌駕《りようが》するくらい強くなるのだぞ？
明らかにおかしいと感じた我は、調査の末ある事実にたどり着いた。
それは、神が天から遣《つか》わした救い手の伝説。
天の民が操る、「古式聖天使《エンシエント》」の伝承だった。
そう、天の民はこの世界を守るために天から遣わされたのだ。
全ては、悪魔のカードという安全弁を伴わない災厄《さいやく》を阻むため。
そしてその事実は、瞳の民——彼の側に立つ者が肯定してくれた。
「う、うん。レンさんはすごいですね。そのとおりですよ。ところで——」
「何だ、瞳の民よ」

「レンさんは、本当に店長のファイトを見てないんですね？」

「ああ、見ていないい」

なぜか、そう答えたら瞳の民はひどく安心した様子だったが。

とにかく、それから我の考え方は大きく変わった。

この世界の悪は、あるべきものとして存在する悪なのだ。

それが悪魔のカードという安全弁によって守られている限り、天の神が許した試練でしかない。

ならば、我はその試練に挑めばいい。

大地の化身として、神が望む試練を乗り越えるファイトを続けるのだ。

もし、試練から逸脱する悪がこの世にはびころうとした時、それを止めるための存在がいるのだから。

ああ、しかし。

あまりにも惜しいことをした。

神の使いとしての天の民のファイト、一度は目にしてみたかった。

きっと、壮麗《そうれい》で素晴らしい、熱いファイトなのだろうな――――

ＴＩＰＳ：実はレンは、執事やメイドがおもてなししてくれる「従者ファイト喫茶」を経営している。

21 たまには三人で呑《の》むこともある

俺とダイア、それから刑事さんこと草壁《くさかべ》の三人は同じ大学の出身だ。

今、俺がカードショップ〝デュエリスト〟をやっている街から少し離れた県内の大学に俺達は通っていた。

理由は、そこに県内で一番強いファイターが集まっていたからである。

既にダイアはプロとして活躍していたし、カードショップを開くつもりだった俺はムリに強いファイターが集まっている大学へ進学する必要はなかったのだが。

それでも、せっかく推薦《すいせん》がもらえるのだからと二人でその大学に進んだ。

んで、その二年後に刑事さんが進学してきたんだな。

進学する以前に、色々と刑事さんの悩みを解決したこともあって、俺と刑事さんはそれなりに親しい交友関係を築いていた。

刑事さんとダイアも馬が合ったようで、まぁこの三人で大学時代色々と行動することが多かったのだ。

そんな関係が、今も続いている。

んで、そうなるとあることが時折行われるようになる。

それが何かといえば——まぁ、いわゆる呑み会というやつだ。

とはいえ、基本的にダイアは非常に忙しい身だ。

刑事さんも時期によっては忙しいから、なかなか会う機会はないのだけど。

偶然、三人のスケジュールが空いたタイミングがあったのだ。

まぁ、俺はといえば基本的にそれなりに暇なのだけど。

そもそも、時間に余裕を持ちたくてカードショップを開くと決めたところもある。

むしろ時間に余裕がないほうが困る。

「んじゃ、乾杯」

「おう」

「ああ」

なんとなく三人でいる時は俺が音頭を取ることになっている。

集まった居酒屋で、グラスを重ねる俺達。

ここは、普段から三人で集まる時に使っている居酒屋だ。

刑事さんが常連だそうで、電話一本で個室を借りることができる。

中は、落ち着いた雰囲気の和室だ。

ちょっとお高いところなのもあって、旅館のような印象を覚えるな。

んで、そんな個室で俺はいつもどおりの私服で。

刑事さんは、コートを脱いだスーツ姿で。スーツを脱いでも相変わらず如何《いか》にもといった様子の風貌《ふうぼう》だ。

そしてダイアは、流石《さすが》に個室だからかサングラスとニット帽を外している。

めちゃくちゃ特徴的な髪型がさらけ出されていた。

21　たまには三人で呑むこともある

「それにしても……草壁はまた一段と刑事になったたな……」

「逢田《あいだ》にそう言われると照れるな……」

「刑事になったって何だよ、あと男相手に照れるなよ」

ダイアと刑事さんは、なんというか相性がいい。

お互いに天然なところがあって、ツッコミの必要な内容がツッコミなしで進んで会話のテンポが小気味いいからだろうか。

いや、俺がツッコむんだけどね？

まだ酔ってないのに、その会話は何だよ二人とも。

んで、会話の内容といえば最近あった出来事だ。

基本的にこの三人の呑み会で、話の種が尽きることはない。

というのも、ダイアは言うに及ばず日本チャンプで色々と事件に巻き込まれやすい立場だ。

刑事さんだって、事件を解決する立場だから色々とネタになる話は多い。

まぁ、中には機密とかで話せない事件も結構あるけどな。

俺だって話すことは結構ある。

他二人と比べて事件に巻き込まれることは少ないが、日常のあれやこれやを語るだけでも話題としては十分だ。

まぁ、今回はダイアと刑事さんの話が主軸になりそうだけどな。

「先日、俺がイグニッション星人とファイトしたのは知ってるよな」

「そりゃ当然知ってるが、そう切り出されるとダイアがおかしい人みたいに聞こえるな」

「おかしいのはイグニッション星人の字面であって、私のせいではない」

同意しかできない返しだった。

ともあれ。

どうやら、あの後ダイアの元に再びイグニッション星人がやってきたらしい。

「そのイグニッション星人に、〝宇宙一火札武闘会〟に出ないかって言われたんだ」

「ほぉ、宇宙でもイグニッションファイトの大会があるのか」

何言ってるのかさっぱりわからないようで、すごくわかりやすい誘いだ。

流石に宇宙でファイトするとか、今まで聞いたこともないような話だけど。

まぁでも、イグニッション星人が存在する以上、開催されていてもおかしくはあるまい。

いやおかしいだろ。

「じゃあダイア、宇宙に行くのか？」

「宇宙に行くのはこれで二度目だな。前は月でファイトしたんだったか」

「……人生で二度も宇宙に行くファイターなんて、そうそういないと思うぜ」

そういえばそうでしたね。

高校時代に宇宙でファイトしてましたね、ダイア。

刑事さんは初耳だからか、流石に驚いた様子でツッコんだけど。

「正直、受けてもいいと思っている」

「そうなのか？」

「ああ、移動はイグニッション星人の宇宙船を使わせてもらえるそうだし、滞在中の面倒も見てくれるそうだ」

至れり尽くせりだな。

まぁ、でも気持ちはわからなくもない。

イグニッション星人とのファイトは、相当な死闘だったからな。

それにイグニッション星人が惚《ほ》れ込《こ》んでもおかしくはないだろう。

「ただ……二つほど問題がある」

「ほぉ、なんだそりゃ。何の問題もないように見えるが」

「一つは……チーム戦なんだ。私以外のメンバーは、私が選ぶようイグニッション星人から言われている」

ふむ、チーム戦。

この世界にはそもそも「プロチーム」というものが存在する。

プロ野球チームのようなものだが、ダイアは特定のチームには所属していない。

スポンサーのいないフリーのプロファイターだからな。

チームってのは、プロファイターのスポンサー企業が作るもんだし。

「そのメンバーとして……ミツル、君が加わってみる気はないか？」

「俺……？　まぁ、変な陰謀とかないなら、俺も参加はできるんだろうが」

「俺ぁムリだな。流石に店長や逢田ほど強くねぇからよ」

挑むなら最高のメンバーで……ダイアがそう考えるのもわかる。

その中に俺が含まれているというのは、光栄の極みだ。

そのうえで……受けるかどうかは、この場では答えられないな。

「ああ、今すぐ答えを出す必要はない。店のこととかあるだろうしな」

「なら助かる」

「それに……もう一つ問題があって」

「もう一つ？」

そう言いながら、ダイアは酒を口に含みつつ。

「イグニッション星人は時間感覚が人間と違ってな……開催、十年後なんだ」

端的に言った。

「十年後か……」

「そりゃあ……まぁ、今すぐ答えを出すものでもないな」

その頃には、俺も三十後半のおっさんである。

果たして……その頃に宇宙へ繰り出す情熱があるかどうかは……正直わからんな。

で、話は一旦そこで終わって。

次に語り出したのは刑事さんだった。

「ここ最近、〝ハウンド〟っつーダークファイター組織が壊滅《かいめつ》してから、珍しくダークファイターが出てきてねぇんだよ」

「ああ、レンさんのところが壊滅させたっていう」

ダイアが、そんな相槌《あいづち》をうつ。

21　たまには三人で呑むこともある

「一応、レンのお嬢のところは秘匿《ひとく》組織なんだから、明言は避けてくれよな」

「すまない。しかし、ダークファイターが出てないならいいことだと私は思うが？」

「それはそうなんだがな……」

といいつつ、なんだか歯切れの悪い刑事さんだ。

ダークファイターなんていないに越したことはない。

ただ、あまりにも現れないものだから不安になるというのも感覚としてはわかる。

自分達の与《あずか》りしれないところで、何か大きな陰謀が働いてるんじゃないか、と。

「とはいえ、それならレンさんが動きを見せるだろ。そうじゃない以上は、平和と判断するしかないんじゃないか？」

「ま、そうなんだけどな……ああそうだ、その代わりといっちゃ何だが」

俺の言葉に、刑事さんが頷《うなず》く。

今のところ様子見という結論しか出ない以上、この話はあくまで前フリだろう。

「最近、辻《つじ》ファイターが増えてるな」

「ほう、興味があるな」

それに関心を示したのはダイアだ。

なんたって、辻ファイターというのは在野のファイターであることが多い。

中には名の知れていない、強者《つわもの》も混じっていることだろう。

「一番有名なのは、風太郎《ふうたろう》ってサムライのファイターだな。秘境《ひきょう》出身で、ここ最近武者修行ってやつをしてるらしい」

「彼なら知ってるぞ、三回ほどファイトした。強いファイターだ」

「ほう、それはいいなぁ！」

その言葉に、目を輝かせるダイア。

そういえば風太郎も、ダイアとファイトしたいと言っていたな。

今度、場をセッティングするとしよう。

「後は――」

と、そこでちらりと刑事さんがダイアを見た。

疑問符を浮かべるダイアに対し――

「身長百九十超え、筋肉ムキムキマッチョマンのサングラスとニット帽の不審者。自称タイヤキング」

そう、端的に刑事さんは言ったのだ。

ちょっと待てや。

「……少しお手洗いに行ってくる」

「おいちょっと待てダイア」

タイヤキングってなんだよ。

ダイアをダイヤにしてから濁点《だくてん》抜いて、キングと合わせたのかよ。

もういっそバレバレなんだから、ダイヤキングって名乗れよ。

色々言いたいことはあるが……。

「どうしてお前が名を連ねてるんだよ、ダイア」

「誤解だ！　私はファイトを挑まれた側だ！　ファイトしたのも一回だけだ！」

「だがよぉ大将、タイヤキングって名乗ったんだろう？」

「……そういう流れになっただけだ！」

刑事さんと、二人がかりでダイアに詰め寄る。

なんのかんのと言い訳をしているが、ダイアの実力と見た目のインパクトはやはりすごい。

たった一回のファイトで、ここまで話題になってしまうなんて。

それはそれとして……。

「お前はもう少し、最強ファイターとしての自覚を持てダイア」

「なっ……君にだけは言われたくないぞ、ミツル！」

やいのやいの、酒が入っているからか俺達の喧騒《けんそう》は更に大きくなっていく。

最終的にその言い争いはファイトに発展し――

俺が勝った。

「だから言ったのだ……君にだけは言われたくない……と」

そう負け惜しみをこぼすダイアに、しかし俺も何も言い返せなくなるのだった。

TIPS：その日、呑みの席で行われたファイト動画（本人許可済み）は一日で百万回再生を超える激バズ動画になった。

22 カードとの相性が何もしてないのに壊れた

平日の午後、まだ人が入り始める前の静まり返った店内。

普段ならファイトを楽しむお客が集まるフリーのテーブルにも、白熱のバトルを繰り広げるフィールドにも、俺自慢のショーケースとストレージにも人はいない。

そんな静かな店内に、本日最初の客が入店してきた。

「……店長、少しいいかな」

真剣な顔で店にやってきた、クール少年のクローは開口一番そう言った。

青みがかった黒色の髪の少年が、少し沈んだ様子で相談を持ちかけてきている。

俺への相談。

デッキ構築から、人生の悩みまで。

基本的にあらゆる悩み相談を請け負《う》うことにしている俺だが、今回はどういった問題か。

多分、熱血少年のネッカと喧嘩《けんか》をしたわけではないだろう。

そういう場合、先にネッカ少年のほうから相談が飛んでくる。

いつぞやのエピソードトークの時みたいにな？

そうでないということは、きっとクロー少年の個人的な悩みに違いない。

「何があったんだ、クロー」

「実は……」

そう言って、クローは表情を沈ませる。

言いにくいこと……ではないようだが、単純に心が沈んでいるのだろう。

むしろ、言いにくいことでないほうがより真剣な悩みであるということがわかる。

「――デッキが、いつもみたいに回らないんだ」

そして実際、その悩みはファイターにとって死活問題とも言える悩みだった。

デッキが回らない。

つまり、思うようにカードがドローできないということと同義である。

この世界の人間は、運命力のおかげで前世のカードゲームプレイヤーよりも圧倒的にドロー力が高い。

あらゆるカードを望んだ通りに……というのは流石《さすが》に不可能だが。

それでも、手札事故なんてことはそうそう起きない。

実力者ならなおさらだ。

例外は一つだけ。

「つまり、『蒼穹《そうきゆう》』デッキとクローのカード相性がおかしくなってるんだな」

「……そうみたいだ」

試しに、デッキからカードを五枚ドローしてもらう。

その結果は悲惨《ひさん》そのものの。

初動に使えるカードが一枚もない。

蘇生《そせい》カードとか、妨害カードとか、展開補助カードとか。

そういうカードばかりをクロー少年はドローしてしまった。

なんというか、ある意味懐《なつ》かしい光景だ。

昔はこんな手札に身悶《みもだ》えしながら、プレイをしていたのだということを思い出す。

まぁ今でもレンタルデッキを使えば、容易にこういう事態は起こり得るのだが。

メインデッキでこんなことが起きるなんて、そうそうない。

「……皆、どうしちゃったのかな。俺のこと……嫌いになったのかな」

「そんなことはないはずだ、クロー。もしもそうなってたら、そもそもこういう状況にはならないよ」

珍しく、純粋な弱音をこぼすクローを慰《なぐさ》めながら考える。

そもそも普通、こんなにカードとの相性がおかしくなるなんてことはそうそう起こらない。

というのも、もしカードとファイターの間に相性がおかしくなる致命的な亀裂《きれつ》が発生した場合、それどころじゃ済まないからだ。

下手したら、カードが闇堕《やみお》ちして悪魔のカードになってしまうことだってある。

そうでなくとも、〝ただドロー力が低くなるだけ〟で済むことはない。

もっと大きな事件が発生しているはずだ。

つまり――――これは。

カードとの相性が何もしてないのに壊れたのだ。

「とりあえず……何か心当たりはないんだよな？」

22　カードとの相性が何もしてないのに壊れた

「ない……少なくとも昨日までは、普通にファイトができてたはずなんだ』

朝起きて、登校して……そしてファイトをしようとしたらこうなった……と。

流石にこれで、クロー少年に何かしら問題があるとは思いたくない。

原因があるとすれば……カードのほうか？

「んー……」

「あ、店長。もしかしてモンスターを見るつもりなのか？」

「とりあえず、そこを確認するのが早いと思ってな」

意識を集中させて、精霊《せいれい》タイプのモンスターを見ようとする。

俺もそうだが、クロー少年も精霊タイプのモンスターは見えない口だ。

というか、俺の周囲で精霊タイプのモンスターが見えるのはネッカ少年とエレアと……

後はレンさんくらいか。

ヤトちゃんとハクさんがどうかはわからない。

あの二人から、そういう話を振られたことがないしな。

わざわざ聞くことでもないだろう。

「よし、見えた。何体かレンタルデッキにつられて店に来てるモンスターがいるな……」

「蒼穹の皆は⁉」

「……いない、みたいだ」

基本的に、モンスターは常にデッキの側にいるわけではない。

というか、見えているファイターでも大抵はそうだな。

常に隣にいるモンスターは、せいぜい一体が普通。

ネッカ少年みたいに、見えるけど連れていないタイプもいる。

そして、クローの場合はカードに精霊タイプは宿っていないが、カードとモンスターの間に〝リンク〟が存在するタイプだ。

見えないファイターは、このタイプが一番多い。

ファイターの所有するカードのモンスターは、この世界のどこかに存在するものの、常に側にいるわけではない。

ただ、見えない糸のような繋《つな》がりが確かにあって、それがカードとファイターを結びつけているのだ。

エレアみたいに、自分がモンスターってパターンもあるけどな。

ちなみに、このリンクが存在しないのに俺やダイア並みに強いファイターもいる。

こないだ呑《の》み会《かい》でも話題に出た、「イグニッション星人」がそうらしい。

「んで……どうも、そのリンクが切れてるみたいだ」

「リンクが……？　じゃあ、もしかして皆に何かあったのか⁉」

「そこまではわからない。もう少し調べてみないと」

もしも何かがあったなら、何としてでもそれは解決しないといけない。

俺が直接それに関われるかはわからないが、道を示すことはできる。

というか、道を示すのが俺の流儀《りゅうぎ》だ。

「そうなると……まずは見えるファイターに状況を確認しないとな。エレア……は、買い出し中だし」

「じゃあ……ネッカかレンのどっちかか？」

「そういえば……二人とは学校で会わなかったのか？」

ふと気になって、俺は問いかける。

そもそも、カードとクローのリンクが切れてるなら、その二人は気付けたはずである。

「レンは、いつもみたいに仕事だーって言って休んでる」

「まぁ、学校にいるほうが珍しいみたいだもんな、レンさん」

闇札《やみふだ》機関の運営の他にも、レンさんには色々と仕事があるらしい。

レンさんの実家はとてつもない金持ちだから、闇札機関以外にも色々と事業を展開してるらしいんだよな。

「ネッカは？」

「あいつは……風邪《かぜ》で休んでる。昨日、雨だったのに傘もささずに家に帰ったからな」

「ああ、うん」

如何《いか》にもネッカ少年らしい。

多分、そもそも傘を忘れたんだろうな。

ありありと想像できる光景をイメージしつつ。

そういったこともあり、どうやらクローはここに来るまで他のファイターからカードとのリンクが切れてるという話を聞く機会がなかったらしい。

……ん？　とすると、もしモンスターが、見えるファイターに言付《ことづ》けを頼んでもそれがクローに伝わらないんじゃないか？

「……それだ！」

「え⁉　どうしたんだ店長⁉」

「ちょっとエレアに連絡取ってくる」

そう言って、俺はバックヤードにおいてあるスマホを取りに行った。

目を白黒させているクロー少年を他所《よそ》に、俺はエレアに電話をした。

『はいはーい、エレア商店です。御用の方はダイヤル番号の……』

「エレア、一つ聞きたいことがあるんだが、いいか？」

『ん？　なんでしょう店長、真面目《まじめ》トーンで。あ、夕飯はカレーにしようと思うので楽しみに……』

上機嫌なエレアの話を遮《さえぎ》るようで悪いが、俺は単刀直入に聞いた。

「クロー少年の、『蒼穹』モンスターから、何か伝言を預かってないか？」

『え、伝言ですか？』

「ああ、なんでもいい」

『――ありますけど』

その言葉に、俺は目を見開く。

俺が何か手がかりを摑《つか》んだのを察したか、クロー少年はすがるように俺を見上げた。

そして、エレアから続きを待つ。

もしも、何か大変なことが起きているとしたら。

俺はクローのためにも、行動を起こさないといけない。

そう考えて――

『南の島にバカンスへ行くそうですよ。そうだ、クローくんに会ったら伝えるよう頼まれてたんです』

――南の島に。

「……バカンス」

『はい。すいませんが、よろしくお願いします』

つまり、なんだ。

レンさんとネッカが学校を休んだことで……伝言を伝えられる人間が側にいなかっただけか。

そっか、うん。

「そんなことかよおおお、焦ったあああああ」

普段はクールなクロー少年の、年相応な感想が全てを物語っているのだった。

――後日。

とりあえず何事もなくてよかったものの、色々と心配をかけたということで〈蒼穹の死《しに》神《がみ》〉を始めとした「蒼穹」モンスターズはこってりと怒られて。

彼らとクローのリンクも元通りになった。

報連相は早めにする、という対策も立てて、万事解決。

……なんだが。

丸く収まったからこそ言いたい。

「蒼穹」モンスターは、〈死神〉を始めとしたアンデッド系のモンスターが多い。

アンデッドが南の島にバカンスってなんだよ――

内心、そう思ってしまうのは、仕方がないことだと思う。

23 カードの中からこんにちわ

ある日、俺がショップの二階に上がると声がした。
「ふごごごご、しゅごーっ！　すぴーっ」
いや、声じゃない。
めちゃくちゃでかい寝息だった。
何でこんなでかい寝息が聞こえるんだ？
声の主《ぬし》はエレアである。
しかしここはリビングだ、エレアの部屋じゃない。
当然エレアの姿もないし、気配も感じられない。
加えて言えば、あのエレアが寝息を立てているというのも変だ。
元偵察兵《ていさつへい》であるエレアは呼吸が非常に浅い。
初見の人間が死んでるんじゃないかと思わなくもないほどに、それはもう動かない。
こんなに寝息を立てて寝ているところは見たことないくらいだ。
「エレア、いるのか？　エレアー？」
「すぴーっ！　ふごっ！　んごごごごごご」
呼びかけても返事はない。
だが、寝息の音は近くなっている。

ついでに、リビングの中央にあるテーブルにはエレアがいた痕跡《こんせき》があった。
具体的に言うとビール缶が数本転がっている。
後、テレビがつけっぱなしになっていて、ゲームが途中で止まっていた。
これはどうやら……寝落ちしたみたいだ。
いやしかし、寝落ちしたにしてもどこに？
まさかここからベッドに行ったわけではないだろうし。
なんて思いながら、テーブルのすぐ側までやってくると——
「まさか……これか？」
足元に、一枚のカードが落ちていた。
〈帝国の尖兵《せんぺい》　エクレルール〉。
感情を見せない、冷徹な偵察兵の顔が特徴的なそのカード。
そこから……人にはちょっと聞かせられない、エレアの寝息が聞こえてくるのだった。

——人間タイプのモンスターは、カードに〝入り込む〟ことができる。
当然、そのカードは自分自身のものに限定されていて、他のカードには入れない。
他にも、一度入ったらカードを動かしたりとかはできない。
ふわふわ浮いて、ポルターガイストみたいになったりはできないってことだな。

ただまぁ、出入りは自由なので動き回りたいならまた中から出てくればいいだけだ。

こうすることの利点はいくつか考えられる。

他人にカードを持ってもらえば移動が楽。

なんなら交通費も節約できる。

まぁ、実際に節約するかどうかはカードの所有者とモンスター本人次第だ。

エレアなんかは、「経済は回すためにあるー」とか言って基本的にカードになっての移動はしない。

単純に金があるからってのもあるだろうが。

他には、モンスターがカードに入った状態……ないしは、入れる状態でファイトするとカードとの相性が跳ね上がる。

そりゃそうだ、なんたって本人が隣にいるんだから。

相性が悪いはずもない。

とはいえ、こういう外部からのバフって強ければ強くなるほど上昇幅が小さくなってくんだよな。

そりゃまぁ、運命力百の人間に千プラスしたら十倍超えるが、五十三万の人間に千プラスしても誤差程度だから当然なんだけど。

で、それはそれとして。

エレアの睡眠はルーチンによるものが大きい。

自己暗示というか、そうなるように身体《からだ》を自分でコントロールしているというか。

だから、こうやってそのコントロールから逸脱した状況であれば、普通に起こすことができる……ようだ。

カードの中で眠るエレアを起こして、初めてわかったことだが。

なお、

「うぅ……もうお嫁にいけません……」

エレアは凄《すさ》まじく落ち込んでいた。

まぁ、あのとんでもない寝息を聞かれていたらさもありなん。

いや俺は別に言及しなかったんだが、何故《なぜ》か自分がとんでもない寝息を立てていたことを理解してるんだよな、エレア。

偵察兵としての特殊技能かなんかか。

「まぁまぁ……俺は気にしないから」

「うぅ……じゃあ店長がお嫁さんにしてくれるんですか……？」

「え、いや……エレア、お前それシラフで言ってる？」

「あぇ？　…………あっ!?」

とんでもないことを言い出したエレア。

思わず指摘すると、エレアは正気に戻ったようで声を上げる。

それから二人してしばらく照れて、気まずい沈黙が流れた。

気を取り直して《お互いがヘタれて》、話を戻す《この話をなかったことにした》。

「と、とにかく！　起こしてくれてありがとうございました。あんな醜態《しゅうたい》、店長以外に見られたらと思うと元偵察兵として、耐えられませんー」

「俺はいいのか……」

「たった今、歯を食いしばって耐えることで大丈夫にしました……」

大変そうだな……。

とはいえ、数年エレアと一緒にやってきたが、エレアがこうなるのは初めて見た。

そりゃあそもそも、エレアが成人したのが今年だからというのもあるだろうが。

それでも、こっちに来てすぐの頃なら、同じミスはしなかっただろう。

エレアも随分と馴染《なじ》んできた……というのは、いいことなんだろうな。

「私自身、ここまでお酒に弱いのは意外だったと言いますか……」

「んー、お酒に弱いというのもあるかもしれないが、他にも要因があったりしないか？」

「と、いいますと？」

そう言って、俺はエレアのカードを手に取る。

〈エクレルール〉のイラストは、エレアが中に入っていても入っていなくとも変化はない。

仏頂面の、少し辛気臭い少女がそこにいるだけだ。

今のエレアとは似ても似つかない……いや、話がそれたな。

「ただ酒に酔っ払っただけなら、カードの中に入り込まないだろう。たまたま近くに自分のカードがあったとしても、だ」

「まぁそうですね……私、カードに入って戦うことってないですし」

エレアの場合、エレアが所属する「帝国」デッキはエレア本人が使用している。

だから、カードに入り込む機会はそんなにない。

カードに入って交通費節約とかをしないのも、大きいだろうな。

「カードの中って暗いんですよ。横になってくつろぐスペースはありますけど、ゲームとか持ち込めませんし」

「そういえば、スマホとかポケットに入れて中に入るとどうなるんだ？」

「中にいる間は、イラストに描かれた衣装になるのでスマホには触れません。カードから出れば元通りなんですけど」

なるほどな……と考える。

「暗くて横になれるスペースがあるなら……寝るのにはかなり快適なんじゃないか？」

「あー、そうかもしれません。というか、カードの中って安心感があるんですよね。暗いのに、不思議と落ち着くっていうか」

それは、単純にエレアだけの感覚ではないんだろうな。

実体を持つモンスター――人間タイプ、精霊《せいれい》タイプに限らず――がファイターの隣に寄り添って共に戦うのは、そこの居心地《いごこち》がいいからだろう。

物理的にも、精神的にも。

だからモンスターは人とともにある。

「だから酔っ払った私が、カードの中に入り込んだんですねぇ。いやはや、謎が解けました」

「これからは、寝る時はカードの中に入ったらどうだ？」

「いえいえ、夜はこの店の警備を担当する身、生身で寝ないとそこら辺の感覚が正常に働きません。それに……」

それに？　と促す。

「……ここで寝続けると、ダメになりそうなので、私」

「ああうん……サボれるなら無限にサボれるタイプだからな……エレア」

なんというか、かつての帝国の尖兵としての労働が身に着いているから今のエレアは普通に暮らせているだけで。

仮にこの世界の普通の少女として誕生してたら、無職真っ逆さまな怠惰《たいだ》少女になっていそうだ。

いや、それはそれで配信始めて、普通に食《く》い扶持《ぶち》稼ぎそうな気がするな。

怠惰だが、器用なのがエレアのいいところだ。

「それにほら、結局カードの中にスマホやゲームを持ち込めないなら、中に入る意味ってあんまりないですし」

「ふーむ」

何気なく考える。

「それ……例えば〝今のエレア〟が描かれたカードが手に入って、そっちに入れるようになったら持ち込めるんじゃないか？」

一体、それがどういうカードになるかは知らないが。

本当に、何の気なしにそう言ったところ。

「！！！！！」

エレアの目が、マジになった。

あ、これは……やってしまったかもしれないな。


後日。

「きぃいいええええっ！」

「……エレアは何をしているの？」

ショップで奇声を上げるエレアの姿があった。

たまたまやってきたヤトちゃんが、半眼でエレアを見ている。

「どうしても欲しいカードがあって、それをパックから引くために祈禱《きとう》してるんだよ」

「エレアの財力なら、祈禱するより箱買いしたほうが早くないかしら」

「普通にパックを買っても出ないカードなんだ」

なにせ、パックに入っているはずのないカードを引こうとしているからな。

どころか、この世に存在しないカードを錬成しようとしている。

そんなこと可能なの？　と思うかもしれないが、可能なのがこの世界です。

ただ、流石《さすが》にそれをパックを剝《む》く数を増やして錬成することは不可能だ。

あくまで、運命力の導きでカードが誕生することを祈るほうが現実的。

すごいことを言ってるかもしれないが、道端にカードがドロップする世界だからな、そういうこともある。

「それで、ああやって祈ってるのね……」

「毎日一回、店のパックを買っては開封してる。凄まじい執念《しゅうねん》だよな」

なんて、丁寧にパックをハサミで開封するエレアを見ながら思うのだった。

「あああああっ！」

あ、ダメだったみたいだ。

ＴＩＰＳ：油断しながら寝たエレアは寝相もすごい。

24 お金の使い方はその時々

その日、ショーケースを眺めてヤトちゃんが唸《うな》っていた。

「う――――ん、四千円、四千円かぁ……」

いつもどおりのパンクファッションで、ショーケースの中段にあるカードをかがみ込んで眺めている。

黒いポニーテールが、言葉を発するたびに悩ましげに揺れていた。

それはもう、かれこれ三十分くらい。

間にストレージを眺めたり、他のお客に呼ばれてフリーをしに行ったり。

途中途中で目を離しつつもずっと悩んでいた。

悩む理由は単純、ショーケースに並んでいるカードをシングル買いするか否かである。

お値段はヤトちゃんの言う通り四千円。

前世では非常に高額なカードであったが、この世界だと相対的に安い部類に入るカードである。

この世界では、いわゆるレアカードと言われるカードは安くても数十万、下手すると億を超えるとんでもない値段になる。

ただそれ以外のカードでも、なかなか手に入らない珍しいカードっていうのは多数存在していて。

24　お金の使い方はその時々

中には一万とかするカードもあるけれど、その中でもヤトちゃんが悩んでいるカードは概《おおむ》ね平均的な値段といえるだろう。

個人的な感覚だが、前世のカードの販売価格を三倍するとちょうどいい感じになる。

どちらにせよ、ファイトにお金がかかる世界だ。

生活に関わると考えれば、安い買い物なのかもしれないが。

「また、随分と悩んでるな」

「店長……そうなのよね、ちょっとどうしても悩むのよね」

ちょうどショーケースに別のカードを並べることにしたので、ついでに話を振ってみる。

周りからも随分悩んでいると声をかけられていたが、流石《さすが》に二十分も経《た》てばヤトちゃんへの注目はほとんどない。

「……実は、ダークファイターがまたこの街に現れ始めたんですって」

だからか、ヤトちゃんは周囲に聞こえないようにそう話してくれた。

こういう会話は、もう珍しいものでもなくなってしまった。

お互い、こっそり話をするのも手慣れてきている。

「なるほど、それで任務があるからデッキを強化したいわけだ」

「そうなのよね……カードを買うお金をケチって負けたとか、姉さんにもレンさんにも申し訳が立たないし」

「なら買っちゃえばいいんじゃないか？」

カードが生活に関わると言ったが、もはや生命が関わってきている話だ。

だったらなおのこと、このくらいの値段なら買ってしまえばいいのではないか、と思わなくもないが。

「多分……八割くらいは無駄になるのよね、これを買っても」

「あーそれは……まぁ、理解《わか》らなくもないな」

確かに、今ヤトちゃんが見ているカードは、ヤトちゃんの「蒸気騎士団《パンクナイツ》」と相性のいいカードだ。

ただ、あくまで展開の上振れに必要なカードで、これだけで使い道があるカードではない。

むしろ下手に入れたら事故ってデッキが回らなくなるかもしれない諸刃《もろは》の剣。

いくら運命力のおかげで前世よりドロー力が上がっているからって、こういう上振れカードの事故がないわけではないのが恐ろしいところ。

むしろ、事故る確率が低いからこそ、事故った時が悲惨《ひさん》極まりないという考え方もできるな。

「そういえば――」

と、そこで思い出す。

ヤトちゃんに見せたいカードがあるのだ。

今後ダークファイターとの生死を懸けた戦いに赴くなら、なおのこと見せる必要がある。

「新しい〈蒸気騎士団《パンクナイツ》〉のカードが見つかったんだが」

「え!? ほんと!?」

24　お金の使い方はその時々

ああ、と頷《うなず》く。

先日刑事さんが持ってきた買い取りの中に混じっていたのだ。

刑事さんはそこで初めて気付いたようなので、俺の「古式聖天使《エンシエント》」と同じくいつの間にか入り込んでたパターンだな。

「古式聖天使《エンシエント》」ほどではないが、そういうことはたまにある。

「ただ、レアカードで値段は二百万ほどになる」

「買った！」

「うお、即決か」

悩む素振りすら見せなかった。

一応、欲しがったら取り置きする心づもりだったのだが。

その必要性すらなかったな。

「〈蒸気騎士団《パンクナイツ》〉のカードはそりゃ即決に決まってるでしょ。たとえ今必要なくっても、何《いず》れ別のカードが見つかってシナジーが生まれるかもしれないし」

「まぁ、そりゃそうだな」

「それに、レアカードに関しては必要だと思ったら、どれだけ高くても買っていいって姉さんに言われてるの。まぁ、〈蒸気騎士団《パンクナイツ》〉じゃなかったら流石に相談は必要だけどね？」

なるほど、と頷く。

どうやらレアカードに関しては、通常のカードとは別に、買うための予算が姉妹の間で設けられているそうだ。

そうなってくるとレアカードの買い物は個人の買い物ではなく、経費を使って買うような感覚になるのかもしれない。

こういう金銭感覚の違う買い物って、たまにあるよな。

「あとレアカードに関しては、機関のほうでも補助金が出るから。やっぱり普通のカードを自分のお金で買うのとはまた感覚が違うわね」

「なるほどな」

そうか、エージェント機関に所属すると、レアカードの購入に補助が出るのか。

そりゃそうだ、それ一枚で世界の命運が決まるかもしれないんだから。

プロファイターなんかも企業所属だと似たような感じの補助があるんだろうな。

生憎《あいにく》と俺の一番身近なプロファイターは個人だから、そういう話は聞かないけれど。

「ちなみに、他に金銭感覚の違う買い物って何かあるか？」

「服とソシャゲね」

これまた即答だった。

前者は女性ならそうなんだろうけど、ソシャゲも金銭感覚違うのは意外だったな。

「あ、私じゃなくて姉さんが廃課金者なだけよ。私は違うから」

「そ、そうか」

例のちょっとエッチなソシャゲにめっちゃ注ぎ込んでるのかな……とか思ってしまった。

「服はまぁ……見ての通りよ。個人的に結構こだわってるから、そりゃあお金もかかるわね」

「似合ってると思うよ」

「素直な褒め言葉として受け取っておくわ」

俺が褒めたからか、ふふんと得意げな笑みを浮かべてくるりとその場で回った。

実際、本当に似合っているから言う事無しだ。

パンクファッション、以前エレアと服を見に行った時も、随分高かったからな。

例の武藤遊戯《むとうゆうぎ》コスプレ……もとい服装一式、買ったら十万近くしたし。

ちなみに、俺の部屋にマネキンを用意して飾っている。

いやぁ、いいもんですね。

「……いや、あの服は単純に何故《なぜ》かプレミアがついてるだけよ？」

「何故バレた」

「あの店は私の行きつけだもの、店内に飾ってあった謎のプレミア服が売れたらすぐにわかるし、エレアも言ってたから」

「エレアめ……」

話していいと判断したことに関しては、偵察兵《ていさつへい》とは思えないくらい口の軽い奴《やつ》だ……。

まぁ、女子ってそんなものな気もするが。

あとアレ、プレミアついてたのか……どうりで高いわけだ。

「それで、考えはまとまった？」

「思いっきり脱線してて、全然考えをまとめる余裕なかったんだけど」

「それは悪かった。まぁ、取り置きしておくから必要になったら言ってくれ」

「ほんと？　助かるわ」

流石に三十分も粘るレベルで迷うものを、他の人に買われてしまったら寂しいだろう。

俺がそう言うと、ヤトちゃんは目に見えて喜んでいた。

こういうところは年相応って感じだな。

「よーし、そうと決まったらとりあえず今日は失礼するわ。〈蒸気騎士団《パンクナイツ》〉のほうも予算があると言っても、今手元にあるわけじゃないし」

「ああ、そっちも合わせて取っておくから、準備ができたら来てくれ」

「ええ」

というわけで、ニコニコ顔でヤトちゃんは店を後にするのだった。

こういうところで親切にするのが、営業の秘訣《ひけつ》だと思うわけですよ。


——翌日。

「店長、決めたわ。例のカード、買うことにしたの」

「ああ、アレね」

覚悟を決めた顔で、ヤトちゃんが店にやってきた。

大金を持ち込んできたというのもあるだろうけど、個人の買い物で四千円のカードを買うと決めることに、相当な覚悟を必要としたのだろう。

しかし――

「あのカード、買うならもう少し待ったほうがいいかもしれない」

「え、どういうこと？」

「それがね……」

俺は、カウンターに置かれている業務用のパソコンをヤトちゃんに見せる。

そこには――

「あのカード、今度再録されてめっちゃ安くなることが昨日の夜発表されたんだ」

「あー……………」

気まずそうなヤトちゃんの沈黙。

カードゲームあるある、めっちゃ悩んで買ったカードが再録されてクソ安くなる現象。

逆もまた然《しか》り。

今回ヤトちゃんにとっては、取り置きという形で先送りにした結果、命拾いしたパターンだ。

なので自分は嬉《うれ》しいけど俺に申し訳ない……と感じるのもムリはない。

とはいえ、

「まぁ、これもカードショップ経営の醍醐《だいご》味《み》だから」

「そ、そうなのね……」

本当によくあることだからな。

カードの値段は水物、それは前世も今も、そう変わらないのであった。

ＴＩＰＳ：何でも例の服は異世界から流れ着いたからプレミアがついているらしい。

25　最強キャラは出し惜しみされてこそ

ヤトちゃんからダークファイターが出没し始めたと聞いて、こうなるだろうなぁという気はしていたが。

案の定、うちの店にダークファイターが押しかけてきた。

夜遅く、寝静まった闇の中、カードショップ〝デュエリスト〟の前にそいつはいた。

いち早くその存在を察知してくれたエレアからは、

『じゃあ、私は配信があるので陰ながら応援してますね』

とのメッセージが。

いや、ダークファイターがいるのに配信してる場合じゃないでしょ！

と思ったものの、まぁエレアだし……ということで早速ダークファイターを退治することにした。

「キーヒヒヒヒヒ！　貴様が〝デュエリスト〟の店長だなぁ!?」

「ええい、お前らはそういう言動しかできんのか」

俺の店を襲撃してくるダークファイターは、半数がチンピラ雑魚《ざこ》みたいな言動をする。

こないだと一緒だな。

残り半数はやたら偉そうな言動をしてくる。

もし仮に、そいつが本当に偉いんだとしたら、こんな地方都市のカードショップを直々に襲撃するんじゃない、と言いたいね。

それはそれとして。

チンピラタイプは、ぶっちゃけ八割が本当にチンピラなのでそこまで警戒するには値しない。

さっさと倒してしまおう、ということでファイトを開始した。

結果――

「これで終わりだ、〈アークロード・ミカエル〉で攻撃！」

「ぐえー！」

瞬殺だった。

なんなら〈ゴッド・デクラレイション〉を使うまでもなかった。

何だよこいつ、初手で出した雑魚モンスターを破壊して普通に攻撃したらワンキルできたぞ？

どうも、モンスターが戦闘破壊された時に効果を発揮《はっき》する気配を感じたのだが。

今どき戦闘破壊で効果を発動するモンスターって、遅すぎない？

「くそ、俺がやられても！　次なる刺客《しかく》がお前達を――――！」

「違って誰だよ、ここにいるのは俺一人だよ」

かくして、ダークファイターは闇に飲まれた。

悪魔のカードは……手元に残らないタイプみたいだな。

手元に残れば効果を確認することもできたのだが、本当に何がなんだかわからないまま

25　最強キャラは出し惜しみされてこそ

終わってしまった。

まぁ、たまにはこれくらい楽に終わるダークファイトがあってもいいのだ。

ただ問題はここからだ。

俺がダークファイターを倒すと、時折遅れてやってくるエージェントが現れる。

前回襲われた時に現れた、ヤトちゃんなんかが典型例だ。

そういう時、大抵そのエージェントは悩みを抱えていて。

俺はその相談に乗ったりするわけだが。

さて、果たして今日は現れるだろうか。

現れるとして、果たしてどこの組織の人間だろうか。

一番ありえるのは闇札《やみふだ》機関だ。ヤトちゃんが闇札機関が今回のダークファイターの一件に介入すると言っていたからな。

次点はネオカードポリス。

まぁ、そもそもこの地方都市を守護するエージェント機関はその二つだというのもあるのだが。

ともあれ。

「そこまでだ！」

どうやら現れたようだ。

俺がさっそく、声の聞こえる方向に振り向くと――

「見つけたぞ、悪逆の徒《あだ》よ。今ここに、大地の化身たる我が正義の鉄槌《てっつい》を下してくれる！」

「ってレンさんじゃん」

「ぬあーーー！　天の民！」

ぬあーって何だよ。

何でそんな嫌そうな顔をするんだよ。

っていうか今の、メチャクチャ変な声だったなおい。

普段から特徴的な声色してるけどさ。

というわけで、現れたのは闇札機関最強のエージェントにして盟主《めいしゅ》、翠蓮《すいれん》ことレンさんだった。

金髪のゴスロリ小学生、不遜《ふそん》な態度がよく似合う顔立ちをしているが、今日ばかりは複雑そうな目で俺を睨《にら》んでいる。

よりにもよって……というか、先程叩《たた》き潰《つぶ》した雑魚を相手にするにはあまりにオーバーパワーなエージェントである。

「それを言ったら貴様もだろうがー！」

「何で人の考えが読めるんだよ」

「顔に書いてあるわ、馬鹿者！」

ペチン、力の入っていない平手打ちを膝《ひざ》に受けた。

いや、本人的には全力なのかもしれないが。

「それで、我の敵はどこにいる。悪魔のカードの出現反応に駆けつけたのだぞ、どこだ！」

「あー、もう倒したよ」

「もう⁉　反応が出たの三分前なのに⁉」

いやだって、あまりにも弱くて瞬殺だったから。

というか、最強エージェントが三分で現場に急行するんじゃない。

あと、その三分前って俺がファイトを始めたタイミングだったりしない？

多分それ以前は、ダークファイターが弱すぎて反応をキャッチできなかったんだろう。

「うるさいうるさい！　我ってばなかなか現場に出る機会がなくて、鬱憤《うっぷん》が溜《た》まっていたのだ。それで、偶然にも近くで反応があったから、喜んで駆けつけたというのに！」

「反応のあった場所が、俺の店の前だった時点で察するべきだったな」

「ぬあー！」

さっきからぬあぬあ忙《せわ》しないレンさんである。

まぁ、気持ちは理解《わか》らないでもない。

俺だって、裏の事件に関われない体質のおかげで色々と歯がゆい思いをすることだってあった。

今となっては、もう気にしても仕方のないことではあるのだが。

そしてレンさんも、なかなか思うように実力を発揮する場がないのだろう。

組織の最強ファイターとして、自分が負けたら後が無いというのもある。

後進の育成のために、敢《あ》えて自分で道を切り開いてはならない時もある。

後単純に、本人の言う通り鬱憤が溜まっているというのもあるだろうな。

「まぁまぁ、レンさん。最強ファイターは、出し惜しみされてこその最強だ。そういう意味で、今回は幸運だったたということで」

「倒したのが天の民でなければその通りだな！　だが許さーん！　我の獲物を横取りしおってからに！　今ここで成敗してくれる！」

「何で俺が成敗されなきゃならないんだよ」

言いながら、レンさんがイグニスボードを構えた。

これアレだな？　単純にファイトがしたいだけだな？

そういうことなら、受けない理由はない。

俺も再びイグニスボードを構え――

「イグニッション！」

ファイトを開始した。

そして――

「ぐえー」

レンさんは瞬殺された。

あまりにも鮮やかなワンキルであった。

自画自賛。

「手札が事故ったのだー！」

「よっぽどやる気がから回ってたんだな……」

レンさんは強い。

〝型にはまった時〟のレンさんはまさしく無敵。

それが具体的にどういう時かと言えば、〝誰かを守る時〟だ。

この言動で、人々のために戦う時は誰にも負けないくらい強くなるとか、あざとさの化身か？

ともあれ、逆にそうでない時はほとんど実力を発揮できない。

今回みたいにだ。

本当に、ムラっ気のある人だと俺は思う。

そのムラっ気のせいで、守るべき相手と戦うと実力を発揮しきれなかったりするのだが。

闇堕《やみお》ちしたハクさんとのファイトの時とか。

まだ若くて未熟だからなのか、本人の気質《かたぎ》でずっとこうなのかはまだわからないが。

前者であることを祈りたい。

「むぅ！　我と天の民は相性が悪すぎる！」

「俺が闇堕ちとかしたら、お互い全力で戦えるのかね」

「天の民が闇堕ちなんてするわけないだろ！　バカにするな！」

それは褒めてるのか？　バカにしてるのか？

いやまぁ、多分褒めてるんだろう。

……褒めてるんだよな？

ともかく、俺とレンさんはすこぶる相性が悪い。

というか基本俺がレンさんに対して圧倒的に強い。

ダークファイトでしか本領を発揮できないというのは、なかなか日常では枷《かせ》になりやすいな。

「この鬱憤は、ダークファイター共にぶつけてやる……絶対に許さん、絶対に許さんぞダークファイター……！」

「かわいそうな飛び火だが、ダークファイターという時点で救いはないな……」

なんか、他人事決め込んでたら殺してやるぞ……って言われたところてんを思い出すような流れだ。

ぬんともかんとも。

「しかし、やはり悔しい。負けたのが悔しいぞ！」

「だったら、もう一回やるか？」

「む……」

少し、考える様子をレンさんが見せる。

ファイターとして、挑まれたファイトに魅力を感じない者はいない。

とはいえ、レンさんには勝算がないのだろう。

だからしばらく考え込んで、結果――

「覚えてろ――っ！」

すごい勢いで逃げ出していくのだった。

なお、例のダークファイター集団は、怒りに身を任せたレンさん主導のもと数日の内に殲滅《せんめつ》されたらしい。

いやぁ、一般市民としてはエージェント達の活躍には頭が上がらないな、うん！

ＴＩＰＳ：レンは比較的出番が多いせいで、理由をつけられ弱体化を食らうことが多い。

26 美少女カードはオタクに人気

この世界にも、当然ながらパックはある。

ただ、その発売元は様々だ。

普通の会社だったり、カードの研究所だったり、出所不明の謎の組織だったり。

後者二つはおかしくない？　と思うが。

この世界のカードの誕生には若干オカルトなところがあって。

前世みたいに印刷所でデザインしたカードを印刷してもらうという単純な話じゃない。

まぁ、そこら辺は長くなるので一旦割愛《かつあい》するとして。

そのうち、これに関して触れることもあるだろう。

カードショップなんだから、言うまでもなく俺はそれを販売している。

そして、パックが出るということは新弾の発売日があるということだ。

今日はそんな、新弾の発売日に関する話である。

新弾の発売日、いいよね。

新しいカードを手に入れてデッキを強化したり、大抵の場合は土曜発売だからそのままバトルしたり。

なんならパックを剝《む》くという楽しみだってある。

というか、ある意味それが一番楽しいという側面もなくはないのだ。

「店長、新弾が一箱欲しいんだけど」

「いらっしゃいヤトちゃん、ちょっと待っててくれ」

その日、開店と同時にやってきたヤトちゃんが、開口一番そう言った。

ヤトちゃんは予約をしていなかったので、在庫がなければ諦めてもらうほかないのだけど。

流石《さすが》に開店と同時なら在庫がないなんてことはない。

俺はカウンターの下に置いた段ボール箱の中から、未開封の箱を取り出して手渡す。

早速それを購入して、ヤトちゃんは満足げだ。

「やっぱり、箱って買うとワクワクするわね」

「それは同意だな」

そう言って、嬉《うれ》しそうに箱を抱えるヤトちゃん。

「ちなみに、狙いは誰なんだ？」

「決まってるでしょ！　〈極大天使ミチル〉ちゃんよ！　っていうか皆そうじゃない？」

「かもしれん」

そう言って、ヤトちゃんは箱のパッケージを指差す。

そこには複数の美少女モンスターが描かれていた。

ヤトちゃんが指差すのは、その中央に描かれた天使の少女だ。

パックと一言に言っても色々あるが。

前世においては、主《おも》に三種類に分類できた。

一つはレギュラーパック。

言い方は様々だが、いわゆるそのカードゲームのメインとなるパック。

アニメと連動していたら、そのアニメの主人公やライバルが使うエースモンスター達が収録されていたりする。

何につけてもこれがなくては始まらない、そんな主食みたいなパックだ。

もう一つが再録パック。

過去の強力カードを再録して、手に入りやすくするためのパック。

新規カードが封入されなかったりする分、レギュラーパックよりは需要《じゅよう》が少ないがそれでも定期的に必要とされるパックだ。

年に一回くらいは、こういうパックが出てほしいよな。

最後はその他。

めちゃくちゃざっくりと、上記以外のパックはここに分類してしまっていいだろう。

ただ、方向性としてはある程度はっきりしていて、レギュラーパックとは関係ないモンスターを収録したパックだったり、別コンテンツとのコラボブースターだったりする。

その中に、〝美少女カードを中心としたパック〟というのもあるわけだ。

今日発売したのは、まさにそれ。

この世界に存在する数多《あまた》の美少女カード。

それをかき集めたオタク垂涎《すいぜん》のパック。

うちの店にはヤトちゃんやエレアを始め、こういうのが好きなオタクが多いので数カートン分のパックが、現在カウンター裏に鎮座している。

まぁ、既に一カートン分が売れてなくなってしまっているんだが。

いるんだよ、カートン単位で買ってくオタクが。

エレアっていうんだけど。

「じゃあ、また来るわね」

「また来るのか」

「小学生のいるところで、美少女カードパック剝いたら私の羞恥心《しゅうちしん》が死ぬのよ」

気持ちはわかる。

今日のショップ大会は午後からなので、家でパックを剝いて、午後になったらまた来るのだろう。

そうしてヤトちゃんが帰った後も、同じように箱を一箱とか二箱とか買っていくお客の相手をしていると。

マスクとサングラスをつけた女性が、店に入ってきた。

入ってすぐに、キョロキョロとあたりを見渡し、誰かがいないのを確認したのか安堵《あんど》した様子を見せる。

そのままそそくさとカウンターのほうへやってきて、俺に声をかけてきた。

「店長さん、こんにちは」

「こんにちは、ええと……」

「今の私は、しがないお客さんAです。お気になさらず」

「お、おう。ええと、予約してたのを取りに来たんだよな?」

誰あろう、ハクさんである。

いつものゆったりとした服装ではなく、何故《なぜ》かへそ出しパンツルック。

なんか顔を隠すついでに露出を楽しんでません? と聞きたくなってしまう。

ぶっちゃけマスクとサングラスが合ってなくてめちゃくちゃ浮いてるんだけど、いいんだろうか。

まぁ、俺としては今日のパックを予約して買ってくれるありがたいお客さんなので、色々ツッコまずに箱を手渡す。

全部で四箱。

今のところ、今日来た客の中では一番大量に買った客である。

エレアは店員なので客ではない。

「ありがとうございます。ふふふ、待っていてくださいね、ミチルちゃん。ふふふふふ……」

「なんか寒気がするんだけど……」

姉妹揃《そろ》って〈極大天使ミチル〉狙いらしい。

そりゃ、パッケージにも描かれている目玉カードなんだから、当たり前だろうけど。

その後も、色んな奴《やつ》が新弾を買いに店を訪れた。

少し意外だったのは、刑事さんが一箱買っていったことだな。

「邪魔するぞ、店長。新弾を一箱買いたいんだが」

と何のためらいもなく言って買っていった。

男前というか……オタク的な忌避感《きひかん》がないというか……。

とりあえず、そんな刑事さんの男気を尊重して、俺も普通に接客しつつ紙袋に箱を入れて渡した。

ビニール袋に入れると透けるからな。

他にはダイアが三箱買っていった。

こちらもハクさんと同じく予約組である。

「店長、予約した新弾が欲しいのだが」

「わかってるよ、ダイアも狙いは〈ミチル〉か？」

「黙秘権を行使する」

なお、ハクさんと違って堂々と新弾を購入していった。

していったのだが、そもそも普段からニット帽にサングラスの不審者ルックなので怪しい奴であることに変わりはなかったのだが。

こちらも、万が一通報されたら可哀《かわい》そうなので、紙袋で手渡した。

我ながらいい仕事をしたな。

おっと電話だ。

なに？　もう一カートン追加で欲しい？

予約してないからダメに決まってるだろ。

うちはただでさえ客が多いんだからもう一カートン持っていかれたら、他の客に売る分がなくなっちまうよ。

店員特権でもダメだって。

諦めなさい。


「た、だ、い、ま、帰りましたー!」

その夜。

店を閉じる直前。

客がいなくなった店内に、勢いのいい声が響き渡った。

エレアである。

叫んだら迷惑だろ、と思うかもしれないが問題ない。

客はいないので、その絶叫《ぜっきょう》を耳にするのは俺だけだ。

そしてエレアは元偵察兵《ていさつへい》なので、店の中に客がいるかは入店前に把握している。

そんな元偵察兵兼美少女オタクは、なんとも疲れた様子で大きなバッグを背負っていた。

肉体的には元気そうだが、精神的に疲弊したって感じだ。

「一体どうしたんだ、勢いよく店を飛び出したと思ったらこんな時間に」

「聞いてくださいよ、店長! 聞いてくださいよ!」

ずんずんと近づいてくるエレア。

やがて目と鼻の先で、俺を睨《にら》んでくる。

顔が近い、とても近い。

「〈極大天使ミチル〉ちゃん！　なんと一カートンに一枚の封入率だったんですよ」

「極悪すぎる」

「これじゃデッキにフル投入できません！」

なんだその封入率。

この世界のパックはたまにとんでもない封入率だったりする時があるわけだが。

それにしたって極悪だ。

前世でも、一カートン一枚の封入率とか、シークレットレアとかにしか許されないぞ。

「というわけで、各地を駆け回って追加で買ってきたんです、新弾」

「そ、そうか」

「その数二カートン分！　これだけあれば当たるでしょう！」

カートンそのものではないんだな。

そりゃまぁ、カートンで買うとなったら予約してないとムリだけど。

一カートンも買えば、デッキにフル投入できる分の〈ミチル〉が揃うと思っていたエレアは油断していたのだろう。

色んな店を回って、各店から少しずつ箱を購入するしかなかったのだ。

「というわけで、今日はこれからこの箱を開封する配信をしてきます」

「行ってらっしゃい。飯はこっちで作ろうか？」

「食べてきたので大丈夫です、でもお気遣い感謝します。くそぉ食べてこなければよかった！」

そんなに男の手料理が食べたいのか……？

作れても簡単なものだぞ。

確かパスタが残ってたはずだから、もし食べるならスパゲティになってただろうな。

ともあれ。

「さぁ、やってやりますよミチルちゃん！　ふふふふふ、うふふふふ」

気合の入った笑みを浮かべつつ、エレアは二階へ上がっていくのだった。

「……ふむ」

それを見送って。

なんというか、新弾発売日ってのは賑《にぎ》やかなもんだ。

普段の数倍くらい騒がしい気がする。

そうなってくると、俺も新弾が発売したという空気を吸いたくなってくるわけで。

ちらりと、カウンターの足元に視線を下ろす。

パック単位で販売していた箱の中に、売れ残ったパックが一つだけ残っている。

せっかくだ、俺もそれを買ってみよう。

まぁ、流石に〈極大天使ミチル〉が出ることはないだろうが——

「ん、これは」

そう思いつつ、代金をレジに投入して開封したパックから——

俺は、とあるカードを引き当てた。

まぁ、流石に〈ミチル〉ではなかったんだが。

しばらく俺は、そのカードをなんとはなしに眺めているのだった。

――なお、エレアは二カートン分の箱から一枚も〈ミチル〉を引き当てることができず無事に爆死した。

27 一度もカードに触れない日

思えば、この世界に転生してから、一度もカードに触れない日はなかった。

前世からカードゲームのオタクをしていると俺は自負しているが、それにしたって熱狂的だとも思わなくもない。

とはいえ、それはこの世界ならごくごく当たり前のことだ。

世界中の誰もがイグニッションファイトをプレイしていて、それが世界の命運すら決めてしまうこともある。

最強のファイターは、誰もが当然のように憧れる称号で。

世界を救ったファイターは、多くの人々の尊敬の的だ。

そして俺は、そんな世界に転生した。

転生……というには、そもそも俺を取り巻く環境は変化していないし、前世も今も俺は棚札《たなふだ》ミツルなのだが。

一番の違いは……もしかしたら、前髪の特徴的なメッシュかもしれない。

ホビーアニメの主人公にありがちな、髪色の変化。

それ以外は、何も前世と変わらないんじゃないか？

ただ、それはあくまで転生したばかりの頃の話。

中学生の頃から、俺は意図して前世と違う生き方をすることにしている。

27　一度もカードに触れない日

前世では普通の中学に進学し、高校も大学も正直に言えば適当に選んでいた俺だったが。

今の生では、有名な進学校にイグニッションファイトの特待生として進学している。

そこでダイアと出会ったわけだから、そこからの俺は前世とは違う人生を歩んでいると言っていいだろう。

別に、大きな野望があってそうしたわけじゃなく。

単純に何かしらの変化を求め、ファイターとしての才能がそれに応えられるくらい高かっただけだ。

転生者だからな、と正直思っているが実際のところはどうなのか。

ともあれ、そんな人生を送ってきた俺だが、カードに関わらない日はこれまでまったくと言っていいほどなかった。

そんな俺が、今日に関してはほとんどカードに触れていない。

まず大前提として、今日は休日だ。

店をエレアに任せ、見たかった映画を見るために出かけている。

もちろんデッキは持ち歩いているから、完全に触れていないというわけではないのだが。

午前の間、辻《つじ》ファイトを挑まれなかったことと、見たかった映画にイグニッションファイトが登場しなかったことから、カードには触れていないといってもいいだろう。

そして午後、家に帰る途中の公園で、バスケをしている知り合いを見つけた。

熱血少年のネッカと、クール少年のクローを始めとした小学生組だ。

アツミちゃんを始めとした彼らの友人達もいる。

珍しいところだと、レンさんもその輪に加わってバスケに興じていた。

全員学校の体操服姿で、レンさんもそうだ。

レンさんがゴスロリ服以外の服を着ているところを初めて見た……のだが、一人だけブルマなのはわざとやってるんだよな？

アツミちゃんは普通の短パンだし。

たまによくわからないこだわりを発揮《はっき》する人だから、多分今回もそうなんだろう。

と、そんな彼らを遠巻きに眺めていると。

「――あ、店長だ！」

ネッカ少年が、俺に気付いた。

そこで、全員が視線を俺に向ける。

「やぁネッカ、元気そうだな」

「へへっ、バスケでも俺は負けねぇぜ！」

負けず嫌いなネッカ少年らしい物言い。

実際、この中で一番バスケが上手《うま》いのはネッカ少年のようだ。

次点はクロー少年とレンさん。

ファイトが強い奴《やつ》は、運動神経もいい。

謎の偏見だが、この世界では概《おおむ》ね事実と言っていい偏見である。

「天の民よ、天の民も一つどうだ？」

「俺か？　勘弁してくれよ、子供に混じったら上手くても下手でも大人気《おとなげ》なさすぎる」

そこでレンさんが、俺にボールをパスしてくる。

いやいや、と思うものの。

周囲の視線は、期待に満ちている。

レンさんが言い出したから、というのもあるだろうが。

俺の普段の行いもあるだろうなぁ、これは。

「……しょうがないな。ちょっとフリースローをするだけだぞ」

「よしっ」

クロー少年がガッツポーズをする。

そんなに気になるのか？　俺の身体能力。

まぁ、期待されたならしょうがない。

バウンドをさせて、感触を確かめつつゴールに近づく。

位置は……スリーポイントの位置で。

「おお」

ネッカ少年の期待に満ちた声。

若干の緊張を覚えるものの、少し呼吸を整えて……。

シュート。

ほとんど音もなく放たれたボールは、寸分違《たが》わずゴールに入った。

「おー！」

「いいぞ、天の民よ」

無駄に緊張してしまったが、周囲の期待には応えられたようだ。

思い返せば……これもある意味転生特典かもしれないな。

強いファイターは運動神経もいい。

その偏見を証明する、最大の要因はまさに俺自身だ。

前世でこんなことをしても、まったくゴールに入る気なんてしなかったからな。

ある意味、俺の中で前世と比較して最も変化した部分かもしれない。

「まぁ、ファイターとしてこのくらいはな」

「いいじゃん、店長。やっぱり一緒にバスケしてかない？」

「流石《さすが》にそれはしないよ。大人気ないんだから、こればっかりは」

クローの冷静さの中から隠しきれないワクワクを感じつつも、あくまでそれを辞退しつつ。

それから少し話をして、俺はその場を後にするのだった。


んで、その足で適当に時間を潰そうと、俺は図書館へ向かった。

別に目的なんてものはない、過ごしやすそうな空間で適当に本を読みたかっただけだ。

なの、だが。

「……あら、店長」

27　一度もカードに触れない日

「今日はよくよく、思いがけないところで知り合いに会うな。こんにちは、ヤトちゃん」

勉強中のヤトちゃんに出くわした。

広い机でノートを広げて、ペンを走らせている。

珍しく制服姿なのも相まって、こうして見ればヤトちゃんも一介の学生って感じだな。

「勉強中か」

「テスト勉強よ、試験が近いから対策しておかないと」

「勤勉だなぁ」

そう言いながら、なんとなくヤトちゃんの〝困ったら助けて〟オーラを感じて隣に座る。

「困ったら助けてくれると助かるわ」

「はいよ」

普通に口に出したな。

何事も口に出すのは大事なことなんだよ。

定期的に闇堕《やみお》ちする、ネッカ少年の兄を思い出しながらそう考える。

「そういえば……」

「どうした？」

「店長って、勉強はできるほう？」

ペンを走らせながら、そんなことをヤトちゃんは聞いてくる。

この迷いのなさ、正直困った時の助けなんていらないんじゃないかって感じだ。

「そうだな……まぁ、普通だ」

「普通かぁ……」

本当に普通。

中学も高校も、全体で見れば中の中と下の間くらい。

「まぁ有名私立での中ってところだから、人並み以上にはできるんだろうけどな」

「それは……普通にすごくない？　私もまぁ、うちの中学ならできるほうなんだけどさ」

「正直、同じくらいじゃないか？」

「かもね」

ある程度上下はあるんだろうけど、人並み以上ってくくりなら俺とヤトちゃんは同じグループに入れてもいい気がする。

ただ俺の場合は、前世の知識があったうえでそれだ。

正直言って、それがなかったらもっとひどい。

そういう意味で俺の学力は前世と比べて最も変化していない部分だろう。

別にいいことではないんだけど。

何にしてもヤトちゃんは真面目《まじめ》なんだな、と思うばかりである。

「だったらダイアさんは？　なんか、テレビで見てる時の雰囲気はすごくできる人、って感じだけど」

「あいつか？　あいつはダメダメだったよ、典型的なファイトバカだったからな」

「うそ⁉」

いや、ほんと。

27　一度もカードに触れない日

中学時代なんか、毎回のように補習を受けていた。

ファイター特待生じゃなければ、進級できてたかすら怪しいくらいだ。

昔のダイアは、今のような落ち着いた感じではなかった。

一人称だって〝俺〟だったし。

ネッカ少年がそのまま大きくなったような感じだ。

「嘘《うそ》じゃないよ。ただまぁ、途中で変化があったんだよ」

「変化？」

「そう、世界を救って……プロになって。その頃からかな、ファイト以外の色々なことに取り組み始めたのは」

昔のダイアは、ファイトだけをしていればよかった。

けど、世界を救ってプロになって、注目を集めれば集めるほど昔のままじゃいられなくなった。

勉強にしたって、立居振舞にしたって。

周囲に認められるためには、どんなことだって最低限は求められる立場。

大変だよな、と傍《はた》から見ていて思う。

まぁそれに応えて、努力しようと思えるところがダイアのいいところなんだが。

「じゃあ努力し始めてからは？」

「どっこいってところだな。まぁ、正直ファイターなんて最低限学力があればいいんだからら」

「その最低限が、結構ハードル高いと思うんだけど」

まぁな、と頷《うなず》く。

実際、有名私立で普通にやっていけるレベルはハードルが高い。

でも正直、俺もダイアも、努力しようと思う一番の理由は——負けたくないから、なんだろうけど。

「ぶっちゃけ、今だってあの頃のちょっと抜けてるところは変わってないけどな」

「バレバレの変装をしてくるところとか？」

「そんなところだ」

そう言って、俺は笑う。

なんというか……確かにダイアは変わった。

けど、変わっていない部分も確かにある。

ダイアはダイアだ。

……じゃあ、俺は？

ペンを走らせるヤトちゃんに、適当に本を読みながら付き合いつつ。

ぼんやりそんなことを考えるのだった。


「んで、結局ここに来てしまう、と」

27　一度もカードに触れない日

その夜。

俺はカードショップ〝デュエリスト〟の前にいた。

俺の店だ、誰がなんと言おうと……まぁ、誰も文句は言わないと思うけど。

時刻は閉店間際。

もう、客もほとんどいないだろう。

「顔を出す理由もないんだが、カードに触れてないなと思ったら……足が向いてしまったな」

独り言で説明しすぎだろ、なんて思うけど。

一人だからいいだろ、とも思う。

なんか、今日一日他人と話をする時間もあったけど、基本一人でいたからかな。

そう思いつつも、店に入ると――

「あ、店長ー。やっと来てくれましたねー」

エレアが、随分と高めのテンションで出迎えてくれた。

「俺を待ってたのか？」

「店長のことだから、来てくれるんじゃないかなー、と思ってたんです。流石に休日に何も無いのに呼びつけたりなんてしませんよ」

そりゃありがたいことで。

と思いつつ。

「その随分と高いテンションは、何かいいことでもあったのか？」

「ふふふ、よくぞ聞いてくださいました」

そう言って、エレアは手にしていたものを俺に見せる。

それは……デッキだ。

おそらく、エレアが愛用している「帝国」デッキ。

「ファイト、しませんか？」

ああ、なんというか。

カードにまったく触れない一日なんて、この世界でそうそう無いと思っていたけれど。

そもそもそれを望んでいるのは、俺じゃないか。

そのことに、ふと気付いてしまうのだった。

28　二人きりのデュエリスト。店長VSエレア（前編）

静まり返った店内で、俺はゆっくりとそれらを見渡しながらフィールドへ向かう。

たくさんのカードが眠るストレージ。

普段は多くのプレイヤーがファイトを楽しむテーブル。

自慢のカード達が飾られたショーケース。

カウンターには、各種パックの見本が置かれていたり。

我ながら、カードショップらしいカードショップだなと感慨《かんがい》に浸る。

「店長、店長、まだですかー？　始めましょうよ」

「ちょっと脳内でシリアスモードに入ってるんだ。少しくらい浸らせてくれ。……というか、随分と今日はテンション高いな」

「ふっふっふ、よくぞ聞いてくれました」

それ、さっきも聞いたぞ。

なんて思いつつ、エレアが楽しそうなので指摘はしないでおく。

指摘するとむくれるからな。

いや、別にそれでもいいんだけど。

仲の良い間柄同士のキャッチボールみたいなものだからな、コミュニケーションが成立していればどういうやり取りだって楽しいものだ。

「とても、とーてーも、いいことがあったのです」

「それはわかるよ、わかるんだが具体的にこう……なんかないのか」

「その答えは……ファイトで見つけるしかありません」

そう言って、ステップを踏むような足取りでエレアはフィールドの上に立つ。

ステージのようになっている、店の中央に位置したエリア。

普段はここで、多くのファイターが激闘を繰り広げているのだ。

「それはこの世の真理だが……つまり何か欲しかったカードが手に入ったってところか？」

「わーわーわー！　はやく、はやくファイトを始めましょう」

図星らしい。

なんか、不意にネタバレをしてしまったような気まずさ。

まぁ、エレアがわかりやすいので仕方がない。

「まったく……しょうがないな。しかしエレア、基本俺とエレアのファイトは俺のほうが優勢なわけだが」

「店長相手に勝ち越せるファイターが、ダイアさん以外にこの街に何人もいたら怖いですよ……」

本当ならレンさんもだいたい互角のはずなんだけどなぁ。

お互い、自分のフィールドで全力を出せない身の上なのが悲しいところだ。

「しかし、今回は心配ご無用です、店長。この勝負、私が勝ちます」

「ほう……どんなカードを手に入れたのか知らないが、お手並み拝見といこう」

「うぅ……既に手品の種がバレたマジックをさせられている気分です」

なんて話をしつつ、フィールドを起動させる。

本来なら一回の使用料は五百円だが、店が閉まった後なら話は別だ。

このフィールドは俺が自前で購入したもの。

周囲のショップに遠慮して使用料を求めているだけで、本来なら好きなだけ使い倒しても誰も文句は言わないのだから。

ともあれ。

デッキをセットして、エレアと向かい合う。

こうしてエレアとファイトをするのは、もう既に何度目かもわからないが……。

「もしかして、閉店後の店内でエレアとフィールドを使ってファイトするのは、あの時以来か？」

「はい、そうですよ。私がこっちの世界に来て、店長の店で働くことになって……その、最初の出勤日の夜以来です」

「懐《なつ》かしいな。あの頃のエレアは借りてきた猫みたいだったが。エレアも変わったってことか」

人は変わっていくものだ、俺も、エレアも。

〝昔〟と比べて随分変わった。

多くのことを経験して、この店の店長と店員になった。

それはお互い、変わらない。

「さて、どうでしょう。私は私ですよ。今も昔も」

「俺は、今のエレアはとても楽しそうに生きていると思うけどな」

「だから！」

フィールドが起動して、ファイトが始まる。

お互いの視線がぶつかり合って。

「このファイトで、私が変わらず私であると、店長に見せつけてやりますよ！」

不思議な物言いだが。

それこそ、答えはファイトの中で見つけるしかないのだろう。

俺達は頷《うなず》き合《あ》って。

「「イグニッション！」」

お互いの闘志に火を点《つ》けた。

――ファイトは静かに進む。

先行は俺、手慣れた流れで〈大古式聖天使《エンシエントノヴァ》　ロード・ミカエル〉をサモン。

エレアのターンに備える。

「そういえば、店長はどうして店長になったんですか？」

「ざっくりとした質問だな」

「店長の実力があれば、十分プロファイターとしてもやってけると思ったんですけど」

不意に、エレアの雰囲気が緩む。

ファイト中のエレアは偵察兵《ていさつへい》としての本能が刺激され、冷静で静かなファイトをするようになる。

いつもの、ダウナーな雰囲気を漂わせる割にやかましいエレアとは、正反対と言うべきの。

だが、そんなエレアが普段の雰囲気に戻って話しかけてきた。

内容は、どうして俺が複数ある進路の中でカードショップ店長を選んだのかという話だな。

「そうだな……理由は三つある」

「三つ？」

「一つは他が向いていなかったからだ、エージェントは言うに及ばず……プロファイターってのも柄じゃない。店長が一番性に合ってたんだ」

他にも、サービス業とはいえプロやエージェントよりはずっと時間に余裕があるし。

うちの店でファイトを楽しむお客を見ているのも好きだ。

「店長らしい理由ですね。……だからこそ、これについては正直予想できた答えでしたが」

「なら、二つ目はどうかな」

「あはは……二つ目を話す前に、負けないでくださいね！　店長！」

言いながら、エレアはターンを進行させる。

テンションは……変わらずいつも通りのエレアだな。

ともあれ、代わりと言わんばかりにエレアのフィールドには彼女の写し身――〈帝国の

ないのだが。

〈エクレルール〉は一枚しかデッキに入ってない……というかエレアが一枚しか持ってい

尖兵《せんぺい》　エクレルール〉が立っている。

本人であるエレアは、必ず初手に〈エクレルール〉を引き入れることができる。

一枚でも、何ら問題はなかった。

「さぁ、まずはこいつからです！　現れろ、〈帝国の暴虐皇帝《ぼうぎゃく》〉！」

そうして出現するのは、全長数メートルある鎧《よろい》姿の巨漢。

ちなみに「帝国」モンスターは、本人である〈エクレルール〉以外は過去の「帝国」の

概念的なものがモンスターになってるらしい。

どんだけ暴虐の歴史を歩いてきたんだよ帝国……。

まぁ、今となっては関係のない話。

俺は現れた〈暴虐皇帝〉を〈ロード・ミカエル〉で迎え撃つ。

〈ロード・ミカエル〉こそ破壊されてしまったが、〈暴虐皇帝〉は俺を倒すには至らない。

ついでに――

「俺はカウンターエフェクト〈過去と未来と現在が繋《つな》がる場所〉で、セメタリーとデッキの〈古式聖天使《エンシエント》〉モンスターをサモンする！」

カウンターエフェクトで、後続の展開に成功する。

こいつはモンスターが破壊された時に発動できるカウンターエフェクトで、見ての通りセメタリーとデッキからモンスターを呼び出せる。

つまり、セメタリーが過去で、デッキが未来ってことだな。

「くっ……ターンエンドです」

「じゃあ、俺のターンだ」

俺は、呼び出したモンスターで反撃を開始する。

その最中に、エレアの問いかけへ答える。

「んで、二つ目だったな」

「はい。一つ目が妥当な理由だったので、ここらで一つエモい理由をお願いしますよ」

「どういう要求だよ」

言いながらも、少し過去のことを思い返して……。

「二つ目は……満足したから、だな」

「満足した？」

「大舞台で戦うことに、だよ」

大学時代の話だ。

俺は大きな大会に参加して、そこで三位に入賞した。

準決勝でダイアに敗れ、その後三位決定戦に勝利したわけだ。

「正直、最高の舞台だった。柄にもなくテンション上がったし、今でも当時のことは鮮明に覚えてる」

「じゃあ、その盛り上がりを求めてプロファイターになる選択肢もあったわけですよね？」

「エージェントはムリでも、プロファイターになれるだろうしな」

それに、ダイアからもプロにならないかと誘われていた。

俺とダイアの友人は、プロになったファイターが多い。

その輪の中に俺も加わってくれれば……と、そう考えるのもムリはないだろう。

そのうえで……俺はその申し出を断った。

「ただ、あれ以上の盛り上がりは……多分もう、俺の中で望めないだろうと思った」

「なんとなくわかるような……」

「人生における最高の瞬間ってさ、一度あれば十分だと思うんだよ、俺は」

どれだけ素晴らしい人生を歩む人間も、その全てが光り輝いているわけではない。

時には多くの苦難が待っていて、やりたくもないことをやらなければならない時もあるだろう。

頂点を求めるとは、そういうことだ。

ダイアなんてその典型だろう。

最強として、この国の誇りとして、多くの人から尊敬を集める立場で。

しかしその立場が同時に、彼が〝逢田《あいだ》トウマ〟にふさわしい存在でいることを強要してくる。

顔を隠して、〝ダイア〟でいる時間のほうが自分をさらけ出せるとなれば……それはなかなか窮屈な生き方だよな。

まぁ、本人はそのどちらも楽しんでいるし、アイツはそれが似合う人間だと思うけど。

「けど、俺はそうじゃない。俺はあの一度の舞台で、俺が欲しいと思う人生の〝最高〟を手に入れた。だったら後は、俺にとって生きやすい……俺らしい人生を歩みたいと思うのは普通じゃないか？」

「おお……なんか、思った以上にエモい理由が飛び出しましたね」

「正直、俺もそう思う。なんか、口に出してみると少し恥ずかしいぞ」

こんな、日常のワンシーンみたいな場面で語るようなことか？

と、思わずシラフになってしまうような話だった。

でも、語ったことに嘘偽《うそいつわ》りは何も無い。

「とはいえ……こうして言葉にすると、色々と感慨深《かんがいぶか》いものがあるな。機会をくれてありがとう、エレア」

「ちょっと？　まだファイトは終わってないんですけど？　そもそも三つ目を語っていないのに、勝った気にならないでくださいー！」

「悪い悪い……とはいえ、エレアがこの攻撃を耐えられたら、だけどな。出てこい、〈極大古式聖天使《フルエンシエントノヴァ》　アークロード・ミカエル〉！」

そして俺は、俺が最も愛用しているエースを呼び出し、攻勢に出る。

エレアは〈暴虐皇帝〉でそれを迎え撃つも、〈暴虐皇帝〉は破壊されてしまった。

追撃を受ければ、エレアは持たない状況である。

だが――

「何の！　セメタリーの〈帝国革命の御旗《みはた》〉のエフェクトを発動。〈暴虐皇帝〉が破壊された時、このカードをフィールドに配置できます」

エレアの「帝国」デッキにおいて、〈暴虐皇帝〉はいうなれば前座だ。

奴《やつ》が破壊された時、手札かセメタリーから〈帝国革命の御旗〉というカードを展開できる。

これは〈点火の楽園　バニシオン〉と同じフィールドに展開するカードだな。

この発動によって、「帝国」は革命を迎える。

夜明けとともに人々は、悪辣《あくらつ》なる暴虐から解放されるわけだ。

「さて、ここまでは前座。店長に対する反撃を開始しつつ、三つ目の理由を聞き出してやりますよー」

そして、〈御旗〉の展開に合わせて俺の追撃は防がれた。

ターンを終えて、気合を入れるエレアを見る。

そう、三つ目。

「俺の、三つ目の答えは……」

それから、一度天井を見上げて。

俺は一つ、呼吸を整えた。

そう、三つ目の答えは——

29 二人きりのデュエリスト。店長VSエレア（中編）

少し、勿体《もったい》ぶるが。

――三つ目の答えを、口にする前に。

俺も、エレアに質問をすることにした。

「なぁ、エレア」

「なんですか？」

「どうしてエレアは、自分がモンスターだと周囲に話さないんだ？」

その言葉に、一瞬エレアの手が止まる。

そのまま、思考を巡らせつつエレアの手がカードに触れる。

偵察兵《ていさつへい》としてマルチタスク技能を有するエレアのことだ、ここからの展開と俺の質問を同時に思考しているのだろう。

「店長の三つ目の答えはお預けですか」

「俺も答えたんだ、エレアだって答えてくれてもいいだろ？」

「そうですねー」

やがて、考えがまとまったのだろう。

よし、と一言だけこぼしてからプレイを続けていく。

「私の理由は……やっぱりこれも三つあります」

「何だよ、似た者同士か？」

「かもしれません」

〈帝国革命の御旗《みはた》〉展開後の「帝国」デッキは非常に制圧力が高い。

それまでが高い打点を誇る攻撃的なデッキだった分、かなり防御力の高いデッキと言えるだろう。


二つのまったく異なる動きを両立させうるのが、この世界のファイターの運命力ってやつだな。

「一つ目は……正直、明かす理由がないからです」

「まぁ、明かしたところで、驚かれこそすれ排除されることはないだろうしな」

モンスターの中には、超常的な力を操る者もいる。

エレアだって、全力で武装すればこの世界の軍人相手に無双できる能力がある。

しかし、トップクラスのファイターはそんな超常的な力をものともしない。

というより、最終的な解決方法をイグニッションファイトに持ち込む能力が高い。

口八丁だったり、作戦だったり、純粋に武力で対抗できたり。

そうなると、別にモンスターだからって周囲から排他的な態度を取られることはほとんど無いのだ。

「というより、モンスターであるって公言して、オトクなサービスとか受けられますか？受けられませんよ」

「ああ、そういう」

もっと俗な理由だった。

まぁエレアらしいといえば、らしい。

「もちろん、モンスターだから何かと不利益なことはありますし、それに対して受けられるサポートもありますけど。それって別にモンスターであることを公言する必要はないですしね」

「実際、公言してないエレアもサポートを受けられたわけだしな」

具体的には、刑事さんが色々と便宜《べんぎ》を図ってくれたり。

戸籍とか、保護者とか、その他諸々。

手続きをしてくれたのはあの人だ。

「というわけで、ドーン！〈帝国革命の開拓工兵《フロンティアエンジン》〉をサモンです！」

話をしながら、エレアは「帝国革命」モンスターのエースを呼び出した。

「帝国」には機械兵みたいな存在がいるそうだが、それを開拓用の重機に転用した――巨大ロボ。

それが、「帝国革命」後のエースモンスターである。

そのまま、〈開拓工兵《フロンティアエンジン》〉と俺の〈アークロード・ミカエル〉が激突。

〈帝国革命の御旗〉の効果は、展開補助と打点補助だ。

そんな〈御旗〉の効果で、俺の〈アークロード・ミカエル〉は突破されてしまった。

とはいえそれで俺が敗北するわけではない。

決着をつけきれないまま、エレアがターンエンドする。

「俺のターンだ」

〈アークロード・ミカエル〉が敗れれば、次に俺が呼び出すエースは決まっている。

他人のそら似シリーズでないかぎり、呼び出すのはこいつしかいない。

「そろそろ決めに行くぞ、〈極大古式聖天使《フルエンシエントノヴァ》　エクス・メタトロン〉！」

現れたのは、無数の羽を伴ったひし形の水晶《すいしょう》。

俺の「古式聖天使《エンシエント》」モンスターは大型になればなるほど人型に近づいていくが、その最終エースは原点回帰のひし形……ペンダントによくありそうなデザインの水晶だ。

まぁ、仰々しい水晶の羽を大量に生やしているが。

「出ましたね、メタトロン。今日こそは突破してやります」

「エレア相手には、アークロードの段階で押し切られて負けたことはあるが……メタトロンまでもつれ込んで負けたことはない。今日もそれは同じことだ」

激突する双方の最終エース。

とはいえ、「帝国」モンスターは無効化効果が多い。

特に〈開拓工兵《フロンティアエンジン》〉は、発動したエフェクトを複数回妨害する効果がある。

代わりに、強制発動で使うと弱体化する。遊戯王《ゆうぎおう》でいうところのウーサやライダーみたいな効果だな。

そこを、〈御旗〉の打点補助で補えるのが強いんだが。

ともかく。

そんな〈開拓工兵《フロンティアエンジン》〉を含めた妨害で、一ターンで仕留めきることは不可能になった。

〈開拓工兵《フロンティアエンジン》〉は倒せるが、ターンをエレアに渡すことになるな。

そうなればおそらく……エレアの新しい切り札が出てくるだろう。

「それで、二つ目の理由でしたね」

「ああ、どんな理由だ？」

激突するエースモンスター同士。

俺がカウンターエフェクトで〈エクス・メタトロン〉をサポート。

少しだけ俺のほうの打点が上回り、〈開拓工兵《フロンティアエンジン》〉は突破された。

「二つ目は……隠してるつもりがないから、です」

俺がカウンターエフェクトを一枚セットして、ターンを終わらせる。

そして、エレアのターン。

エレアは再びモンスターを展開する。

「確かに私はモンスターで、この世界の人間じゃありません。でも、私とこの世界の人々はそこまで違うものじゃないと思います」

「まぁ実際、エレアは今普通の人間としてこの世界に馴染《なじ》んでるからな」

「馴染みすぎ……かもしれないですけどね」

かもしれないどころじゃない。

何なら、この世界のどんな人間よりもエレアは人間くさいかもしれない。

もしかしたら、前世の記憶という特別なものを持っている俺のほうが、人間らしくないかもしれないな。

まぁ、今更そんなことで悩むつもりもないけれど。

「……さぁ、行きますよ。ここからは、店長も一度だって目にしたことのない未知の領域です」

「楽しみにしようじゃないか」

「ではまずは……セメタリーよりこのカードをサモンします！」

イグニスボードから、カードを一枚天高く掲げ、エレアは宣言する。

召喚条件は……フィールドに〈御旗〉がある場合ってところか。

「どうせそのカウンターエフェクト、〈ゴッド・デクラレイション〉なのでしょう。ですが〈ゴッド・デクラレイション〉には欠点がある。それはモンスターのエフェクトを無効化できないということ」

「なら、〈エクス・メタトロン〉の効果を使えばいい」

〈エクス・メタトロン〉の効果は三つ。

一つは、効果破壊耐性。

もう一つは戦闘に関する効果。

そして最後の一つが……相手のカードの効果とサモンを無効にして〝手札に戻す〟効果。

破壊はしない。

さながら、相手に一度静止を促して、新しい道を進ませるかのような効果だ……とダイアが言っていた。

「このカードのサモンを行うエフェクトは手札かセメタリーから発動します。しかも発動回数に制限なし！」

「……〈エクス・メタトロン〉の効果じゃ意味がないってことか」

「その通り。では、ご登場願いましょう！」

エレアの宣言とともに、フィールドに展開された「帝国」モンスターが光を帯びて消える。

召喚の際に「帝国」モンスターをセメタリーに送る必要があるのか。

「来てください、〈帝国革命の開拓者《かいたくしゃ》〉！」

〈開拓者〉とは、またド直球な。

現れたのはフードを被った顔の見えない青年。

しかしそれは……。

「……なんか、どっかで見たことあるな？」

「そうでしょう、そうでしょう。この特徴的な前髪、私ひと目見て気に入っちゃいました」

なんか、エレアが目をキラキラさせている。

サモンしただけでも嬉《うれ》しいみたいな。

これはあれだ、推しを眺めるオタクの目だ。

……非常に複雑だな。

「〈帝国革命の開拓者〉はサモンした時にフィールドの全ての〈帝国〉モンスターをセメタリーに送り、送った数だけ攻撃力を上げます。その後、セメタリーから〈帝国〉モンスターを手札に加えます」

「そこまでの効果を全て一気に処理することで、〈エクス・メタトロン〉の効果をすり抜けるってことか」

最初のサモン効果から、セメタリーのカードを手札に戻すところまでが一連の流れ。

そうなれば、サモンを許した時点でその後の効果も無効化できない。

よくできたカードだ。

「〈帝国革命の開拓者〉は、フィールドに〈帝国〉モンスターがサモンされた場合、次のターンが終わるまで、フィールド上に〈帝国〉モンスターがいないファイターは、あらゆるエフェクトを発動することができません！」

「何？」

「条件を満たした場合に自動的に発動する永続エフェクトです。〈メタトロン〉もすり抜けますよ！」

「やりたい放題じゃないか」

とんでもない制圧カードだ。

最終エースでなければ許されない効果……発動条件がややこしいから、ギリギリ許されるか許されないかってところだな。

「そして私は、このターン通常のサモンを一度も行っていない。故に、先ほど手札に加えたこのカードをサモンできます」

「まさか……」

「ええ、そうです。来てください、私！　〈帝国の尖兵《せんぺい》　エクレルール〉！」

フィールドに、二人目のエレアが現れようとしている。

流石《さすが》にこれを止めないと、俺の敗北は確定だ。

だが、止めてしまえば通常のサモンはターンにつき一回だけなので、負けることはない。

「〈エクス・メタトロン〉のエフェクトでそのサモンを無効、手札に戻ってもらうぞ」

「おや、そっちで良かったのですか？　では〈エクレルール〉は手札に戻ります」

「これで、通常のサモンは使い切った。もう〈帝国〉モンスターは呼び出せないだろう？」

「……ふ」

そこで、エレアは笑みを浮かべた。

まさか……いやでもしかし、どのモンスターをセメタリーから手札に戻してもよかったのに。

わざわざ〈エクレルール〉をエレアは選んだ。

そのことに、何かしらの意味があったのだとしたら。

「――それはどうかな？　……です」

〈帝国革命の開拓者〉は見せたかったものではない。

「店長から、どうして正体を隠すのか聞かれた時。店長は私の意図を読んだんじゃないかと思いましたよ」

「そんなつもりは……残念ながらなかったな」

「よかったです。改めて、私の二つ目の答えは……」

隠しているつもりがない。

ということは、エレアはあくまで自然体のエレアとして振る舞っているということだ。

エレアは変わった。

〈エクレルール〉はまさに、鋭い刃《やいば》のような少女だ。

偵察兵として、帝国の尖兵として。

そう〝あろう〟としている少女だ。

そんなエレアが、今ではオタクで、穏やかな性格の……普通の少女になった。

俺の店の……店員になったんだ。

だが、だとしても。

エレアは変化したつもりがない。

だったらそれは――

「このカードは、〈エクレルール〉を手札かフィールドからセメタリーへ送ることで、手札かセメタリーからサモンできます！」

「……モンスターエフェクト！〈ゴッド・デクラレイション〉をこいつもすり抜けるのか！」

「先に〈ゴッド・デクラレイション〉を使っておくべきでしたね！さぁ、行きますよ！」

エレアが、一体のモンスターを呼び出す。

「〈大古式聖天使《エンシエントノヴァ》　デュエリスト・エレア〉！」

かくして少女は現れる。

可愛《かわい》らしいエレアによく似合う衣服と、エプロン。

その背中には、水晶の翼が浮かんでいる。

「大古式聖天使《エンシエントノヴァ》」によく見られる特徴だ。

「私は、変わりません。今も、昔も……これからも！　私はエクレルールであり、エレアです！」

他者の使うモンスターに酷似したタイプの「大古式聖天使《エンシエントノヴァ》」は――共通してある効果を持つ。

「このカードのカード名は、〈帝国の尖兵　エクレルール〉としても扱います！」

これで、〈帝国革命の開拓者〉の効果発動条件は満たされた。

そしてエレアは――

「故に私は、私と〈開拓者《あなた》〉で、店長《あなた》に勝利します！」

高らかに、そう宣言するのだった。

30　二人きりのデュエリスト。店長VSエレア（後編）

エレアがエレアを呼び出した。

なんというか、ある意味不思議な光景だが。

モンスターがファイトを行うならば、よくあることだ。

これまでは、呼び出すモンスターが〈エクレルール〉だっただけで。

「まさか……他人に〈エクレルール〉モンスターを使われるとはな」

「同時に〈大古式聖天使《エンシエントノヴァ》〉でもありますからね。とはいえ……このカードを手に入れたきっかけは、店長の一言ですよ？」

「あれか、〝今のエレア〟が描かれたカードを手に入れろ……ってやつか」

「はい、諦めきれずに〈ミチル〉ちゃんのパックをひとつまみしたら、出てきました」

まだ諦めてなかったのか……。

ちなみに、この世界のパックから〈エレア〉が出てきたら正体セロバレじゃんと思うかもしれないが。

そもそもエレアは例の美少女パックの中に封入されてはいない。

どういうわけか、パックの中に紛《まぎ》れ込《こ》んだのだ。

この世界のパック制作過程は若干オカルトが絡むので、そういうことはたまにある。

まぁ、そこら辺の話は長くなるからまた今度語るとして。

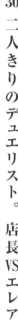

「それで……中に入ってスマホはいじれたか？」

「カードの中の私は……スマホを……持っていませんでした……」

「めっちゃ悲しそうに言うな……」

もしかしてあれか、仕事中はスマホをカウンターかバックヤードに置きっぱなしにしていることが多いからか。

まぁ、もし仮にカードの中でスマホをいじれても、それは本来のスマホではないはずだ。時空が歪《ゆが》みそうなバグが発生しそうだから、なくてよかった。

「しかしまぁ、これではっきりしたよ。というか……最初に気付くべきだったんだが」

「と、言いますと？」

「エレア……帝国時代のファイトスタイルから、普段のスタイルに変わったな」

「!!」

エレアのスタイルは前にも言った通りだが。

彼女がそうなる原因は、〈エクレルール〉にある。

〈エクレルール〉がデッキに入っていると、スイッチが入るそうなのだ。

スイッチが入ったエレアは、兵士としてのルーチンで行動する。

逆に〈エクレルール〉がデッキに入っていない時は、いつも通りのエレアとしてファイトできるのだ。

エレアが正体を隠せる一番大きな理由は、そこにある。

「そういえば、そうですね。……〈デュエリスト・エレア〉の影響でしょうか」

「多分な。とはいえ、そこから言えることはただ一つ。人には、変わる部分と変わらない部分があるってことだ」

「……！　いいえ、私は変わっていません！　ここまでの店長の余裕で、破壊することに不安はありますが……こう主張する以上、そのカウンターエフェクトは破壊します！〈デュエリスト・エレア〉のエフェクト！　デッキの一番上のカードをセメタリーに送ることで、相手のカードを一枚破壊！」

出たな、エレアのコストがコストになっていない効果。

〈エクレルール〉の場合は破壊ではなく「帝国」モンスターのサーチだ。

……エレアの奴《やつ》、よく〈エクレルール〉なしで普段ファイトしてるよな？

とはいえ、俺のカウンターエフェクトは破壊される。

〈ゴッド・デクラレイション〉はモンスターエフェクトには反応できない。

おそらく、〈ゴッド・デクラレイション〉対策として〈デュエリスト・エレア〉のエフェクトはこうなっているんだろう。

さて、〈エレア〉が水晶《すいしょう》を弾丸のように構えている。

今まさに、カードを破壊するべく、俺のカウンターエフェクトに狙いを定めているのだ。

「……これで終わりですよ、店長」

「ああ、そうだな」

俺は、その言葉に頷《うなず》いて。

「そうだ、エレアの質問。俺の三つ目の答え」

「………お聞きしましょうか」

「俺の答えは……」

一瞬、目を閉じる。

俺は、その時三つのことを考えていた。

一つは過去、転生する前の俺。

特に特徴らしい特徴もない、平凡などこにでもいる……ただのカードゲームオタク。

一つは未来、これからも俺の前に現れるだろう、個性豊かなこの世界のファイター。

そして、最後は……。

「答えは……無いんだと思う」

「……無い？」

「決められない、といったほうが正しいかな。人は刻一刻と変化を続けている。だから、俺が店長になりたかった理由は、きっとその時々によって変化する」

「だから答えは……無いってことなんですね」

大きな理由は、最初に挙げた二つでいいだろう。

でも、細かい理由は、きっと聞かれるたびに変化する。

そしてそれは、決して悪いことじゃない。

「だってそれは、人が生きている証《あかし》だからだ。変化し続けることで、人は前に進む。時には後退してしまうこともあるかもしれないが、それだって前に進むための手段の一つだ」

「でもそれじゃあ……あまりにも人は不安になりますよ。変化し続けた結果、なりたい自分になれるかなんて誰もわかりません」

　頷く。

「だからこそ、変わらない部分も必要なんだ。エレアの言う通り、人は変わらない。変わらない部分もある。だから……」

「だから……？」

「だから俺は、作ろうと思った。変わらない場所を」

　そして、〈デュエリスト・エレア〉が水晶を弾丸のように飛ばし、俺のカウンターエフェクトを破壊する。

「……この店を、だ！」

「……！」

「〈過去と未来と現在が繋《つな》がる場所〉は破壊された時、セメタリーで発動できるエフェクトがある！」

「二枚目⁉　〈ゴッド・デクラレイション〉じゃないんですか⁉」

〈過去と未来と現在が繋がる場所〉には、二つの効果がある。

　通常の効果と、破壊された時の効果。

　俺はそれを、エレアの性格上破壊できるなら必ず破壊して万が一に備えると踏んでセットしておいた。

　エレアだって、その可能性は考えていただろうが……本人の言う通り、今のエレアの言葉が正しいと主張するなら、このカードは破壊しないといけない。

今までのエレアならば、絶対にそうするから。

〈帝国革命の開拓者《かいたくしゃ》〉は、フィールドのエフェクトが使用できなくなるカードだ。

だから、破壊によってセメタリーに送られたこのカードのエフェクトの発動は〈開拓者〉をすり抜けることができる。

そして〈過去と未来と現在が繋がる場所〉が通常呼び出すのはデッキとセメタリー。

すなわち未来と過去。

故に破壊された時呼び出すのは——手札《イマ》のカードだ。

「くっ……、でもこの状況で……何をするっていうんですか」

「変化の形は……一つだけじゃないってことさ」

そうして俺が呼び出すのは——

「現れろ、〈帝国の尖兵《せんぺい》　エクレルルール〉！」

もう一人のエレアだ。

「な、なんで私……!?　二枚目の〈エクレルルール〉!?」

「俺も、パックからこいつを引き当ててな」

引いたのは、それこそエレアと同じ〈ミチル〉パックからだ。

あの時、何気なく引いたカードの中に、〈エクレルルール〉が混じっていた。

そのことをエレアに話す機会がなんとなくなかったのだが。

こうして、最高のタイミングで披露することができた。

「……これで、〈開拓者〉の制約を、俺もスルーできるな」

「それなら〈エクレルール〉を〈開拓者〉で攻撃すればいいだけです！」

〈開拓者〉のエフェクトは、「帝国」モンスターがフィールドにいないプレイヤーがエフェクトを発動することのできなくなる効果。

それを俺は、〈エクレルール〉をサモンすることで回避した。

既にエレアは手札がゼロ、カウンターエフェクトもセットしていない。

もう、これ以上の打つ手はない。

できることは、〈エクレルール〉を攻撃することだけ。

しかし、

「理解《わか》ってるだろ、〈エクス・メタトロン〉の三つ目のエフェクト」

「く……それでも、座して死を待つよりは！　〈開拓者〉で〈エクレルール〉を攻撃！」

「〈エクス・メタトロン〉のエフェクト！　攻撃対象を自身に移し……フィールドの〈古式聖天使《エンシエント》〉の数だけ攻撃力を上げる！」

〈エクス・メタトロン〉のエフェクトで、〈エクレルール〉を守りながら〈開拓者〉を迎え撃つ。

そして攻撃力を上げるわけだが……〈エクス・メタトロン〉一体だけでは、実のところ〈開拓者〉の今の攻撃力には届かない。

だが、フィールドにはもう一体の「古式聖天使《エンシエント》」がいる。

「〈エクス・メタトロン〉と〈デュエリスト・エレア〉の分だけ攻撃力を上げて……迎え撃て、〈エクス・メタトロン〉！」

両者は激突し。

勝ったのは……俺だ。


「ううー、悔しいです」

「あと一歩だったな」

「あそこで負けないとか、店長大人気《おとなげ》ないですよ！」

残念だったな。

俺にもフラグが立っていなかったら、間違いなくエレアが勝っていたよ。

物理的に、〈エクレルール〉が引けてないわけだからな。

「でも、最後の最後……納得いきません、フィールドはお互い一緒だったじゃないですか」

「そうか……？」

「店長の場にも、私の場にも店長と私がいて……一方的に店長が勝つなんて」

いや、〈開拓者〉を俺扱いするのはやめない？

なんか恥ずかしいからさ……。

というのは置いておいて。

「エレアが変化したからだよ。それを認めた俺と、認めなかったエレアの差だ」

「うう……否定する要素がないです」

実は、エレアの持っている〈エクレルール〉と俺の〈エクレルール〉は微妙に顔つきが違う。

兵士と呼ぶにふさわしい顔つきのエレアの〈エクレルール〉に対して、俺の〈エクレルール〉は穏やかな顔つきだ。

今のエレアが、〈エクレルール〉の格好をしてる……って感じだな。

コスプレではない。

過去と未来は、常に変化していくものだ。

未来は言うに及ばず、過去だってそうだ。

起きた出来事こそ変えられないけれど、それに対する感想は思い出した時の精神状態によって良くも悪くも変化する。

俺の持っている〈エクレルール〉の顔つきのようにな。

変わらないのは、今この瞬間だけだ。

だから俺は、変わらない今を作ろうと思った。

カードショップ〝デュエリスト〟、〝今〟にあり続ける俺の店。

それが俺の、三つ目の答えだった。

「ともあれ……いいファイトだった」

「店長こそ。とっても楽しかったです」

お互いに歩み寄って、握手をする。

「――次は負けません」

「――次も俺が勝つ」

まぁ、エレアは笑みを浮かべながら俺を睨《にら》みつけてくるし、俺も挑発的な笑みを浮かべてるんだがな。

悲しき、ファイターの性《さが》だ。

「そういえば……」

「どうしたんですか?」

「エレアの三つ目の答えは?」

ああ、とエレアは頷いて。

手を離すと、いたずらっぽく笑みを浮かべた。

「答えは――秘密です」

そう口にしたエレアは、俺が見たこともないような顔をしていて……俺は、思わず一瞬呼吸を忘れてしまった。

沈黙が、少しだけ続く。

ともあれ、その沈黙を破るためになんとか言葉を探して口を開く。

「秘密か……じゃあしょうがないな」

「ああ、いえ、違うんです。秘密であることが答えなんです」

「うん?」

慌ててエレアが、俺の言葉を否定してきた。

どういうことかと首をかしげると、

「だって、秘密にしたほうがかっこいいじゃないですか。美少女店員の裏の顔は、実は美少女モンスターだった！　……みたいな」

「自分で言うことか。でも、まぁ確かに気持ちは理解《わか》らなくもない」

かっこいいもんな、正体を隠すエージェント。

……闇札《やみふだ》機関の人間が、正体を隠せているかと言うと疑問だが。

「とにかく……何か食べようぜ」

「食べてこなかったんですか？」

「ここで食べるのが定番になってるからなぁ」

そうして、俺達は話を切り替える。

フィールドの電源を落として、店の戸締まりを改めて確認して。

それから店の二階、二人でよく夕飯を食べるリビングへ向かうのだ。


そう、秘密。

エレアが正体を隠す最後の理由は、秘密にしたいから。

でもそれは、秘密にしたほうがかっこいいから……だけではない。

今この瞬間、エレアの過去を知る人間はほとんどいないからだ。

刑事さんと翠蓮《すいれん》と……それから店長。

刑事さんと翠蓮が秘密を漏らすことはありえないから……秘密は、しばらく秘密のままでいるはずだ。

だから店長の秘密が、エレアと店長だけのものであるように。

エレアの秘密もまた――店長と共有していたいのだ。

店長は言っていた。

かつてのダイアとのファイトが、店長にとっての頂点だと。

なら、エレアの頂点は今この瞬間なのだ。

だからエレアは変わらない。

変わりたくないと思っていた。

でも、店長は言う。

人は変化し続けるものだと。

だからエレアの秘密は、何《いず》れ周囲に露見するだろうけれど。

でも、今は秘密のままでいたい。

そう、今はまだ。

まだ、少しだけ……エレアは、秘密を秘密のままにしておきたかった。

書き下ろし短編　レンさんと不思議議の館の幽《かす》かな記憶

「おーそーいーぞー、天の民ー！」

その日、俺は闇札《やみふだ》機関盟主《めいしゅ》にして金髪黒ゴス中二少女のレンさんに呼び出されていた。

呼び出されたのは街の外れにある森に建てられた洋館。

この街では「幽霊《ゆうれい》屋敷」という噂《うわさ》が広まっている場所である。

「こっちはレンさんと違って、元気が有り余ってるわけじゃないんだよ」

「我を子供扱いしたな⁉」

勢いよく飛び出して行って、ぴょんぴょん跳ねながらこっちを呼ぶレンさんが子供でなかったら何なのか。

「それで、今回の頼み事っていうのは……」

「うむ、この屋敷の探索だ！」

レンさんからの頼み事。

こういうのは、割とよくあることだ。

俺だって、この街では有数のファイターである。

深刻な事件に関われないという欠点こそあるものの、強いファイターが複数人欲しい場合頭数としては優秀である。

具体的には、ネオカードポリスから怪しい人物の尾行を手伝うよう頼まれたり。

レンさんから浄化した悪魔のカードの買い取りを頼まれたり。

行政から街のファイト系イベントにスタッフとして参加するよう頼まれたり。

詳細は省くが、どれも街のイグニッションファイトのシンボルであるカードショップ店長なら当たり前の業務だ。

最初の一つは、俺の特性を利用している関係上少し特殊なんだけど。

まぁ、またの機会に。

話を戻して。

「幽霊屋敷……だったな。レンさんが一人で調査できないから、俺の力を借りたい……と」

「ひひひ、一人でだってできるわ、馬鹿者！」

俺の言葉に慌てるレンさん。

レンさんは幽霊が苦手だ。

というか、ホラー全般がダメらしい。

だってのに、こんな場所にある幽霊屋敷を一人で探索しないといけないってなったのなら、誰かに手伝いを頼むのは当然だよな。

「そういえば、リュウナさんは？」

「店の手伝いに出ている。店のバイト達が、学校関係の行事で軒並み出勤できなくなってな。そのヘルプだ」

リュウナさん、というのはレンさんの従者だ。

なんとモンスターである。

黒髪ロング、身長二メートル超えの美女である。

んで、レンさんはこの年で店を経営する経営者である。

小学生社長である。

そんなレンさんの店が忙しくて、従者を連れてくることができなかったから俺に依頼を出した……と。

「この幽霊屋敷の調査は、定期的にこの時期行う必要がある」

「そうしないと、中の幽霊達が暴走してしまうかもしれないから？」

「そ、そうだ。……べ、別にそれが怖いわけじゃないぞ！」

この世界には、幽霊が当たり前のように存在している。

ただし、死者が霊となって現れるわけではない。

幽霊系モンスターが現実に出現するのだ。

そして、この幽霊屋敷はそういった幽霊系モンスターの巣窟らしい。

「全ての幽霊系モンスターが、蒼穹《クロー》の民のバカどもみたいにちゃらんぽらんならそれでもいいのだが」

「アレを幽霊と認めるのはちょっと……」

確かに、クロー少年の「蒼穹《そうきゅう》」モンスターはアンデッド系モンスターだが。

南の島へバカンスに出かける連中は幽霊ではないと思う。

それはレンさんもわかっているので、うむ……と頷《うなず》いて続けた。

「この屋敷のモンスターは、あんなのとは違う正統派幽霊だ！　まぁ、そのせいで闇に染まりやすく、こうして定期的に安全を確認しなくてはならないのだが……」

「まぁ、それもモンスターの在り方の一つだからな」

モンスターってのにも色々と種類はいて。

人とほとんど変わらないエレアのような者もいれば、純粋なモンスターとしか言いようのない連中もいる。

そして後者は、大抵の場合闇堕《やみお》ちの危険性がある。

人ではない存在というのは、この世界でも恐れられるものだからだ。

そういった恐れや、モンスター自身が弱者に対する凶暴性を発露した結果、闇堕ちしてしまう……というのはありがちな話。

人間タイプのモンスターなら、闇堕ちするかどうかは本人の精神性の問題なのだが。

とはいえ、俺はそれを悪いことだとは思わない。

そういった闇堕ちも、また自然の摂理の一部だからだ。

何だったら、人間が闇堕ちするのだって自然なことだと俺は思うぞ？

人は闇を抱えている生き物なんだから。

光だけで生きていける人間はいない。

「うむ、天の民はいいことを言うな！　では出発だ！」

「勢いいいなぁ」

というわけで、俺達は屋敷の中に入っていく。

それにしても……この屋敷から感じる運命力は、そこまで大したものではない。

つまり、脅威度はそこまで高くないだろう……という話。

じゃあどうして、わざわざレンさんがこの屋敷の調査と確認を行うんだ？

怖いものが苦手で、こういう場所を一人で調査できないのだから。

部下に任せればいいと思うのだけど。

……まぁ、そのあたりも調査すればきっとわかる。

俺は意気揚々と屋敷に入っていく、レンさんの後を追うのだった。


ぎぃいい……と床がきしむ音がする。

「ひぃいいいいい！　な、ななな、なんだ⁉　助けてくれ、天の民――――！」

「床がきしんだだけだよ、というか音の出どころはレンさんの足元だよ」

「地面を幽霊がすり抜けてくる――――⁉」

いや、来ないって。

ぴぃいいい、となりながらレンさんはおっかなびっくり屋敷の中を進んでいる。

おかげで、遅々として調査は進まない。

現状、幽霊系モンスターと出くわしてすらいないのだ。

「もういやだー！　おうちかえる――――！」

「なんで自分から調査にやってきて、帰ろうとするのさ」

「今回こそは行けるかと思ったが、怖いものは怖いのだ――――ッ！」

びゃー、と泣き出しながらレンさんはついに俺に張り付いてきた。

足にこう、巻き付くような感じで。

木によじ登った猿かな？　とか思ってはいけない。

「まぁ、実際このほうが調査はしやすいか……背中に乗っていいから、足に張り付くのはやめてもらっていいかな？　レンさん」

「うむぅ」

うおわぁ、よじ登ってきた！

ギャグ描写のおかげで、三頭身のSD体型になっているからこそできる芸当である。

最終的に俺の背中に張り付くと、レンさんは途端に勢いを取り戻した。

「では行くぞ、天の民よ！　発進だ！」

「俺はロボじゃないぞ」

多分、普段はこんな感じでリュウナさんの背中に乗って調査しているんだろうな。

まぁ、俺もリュウナさんやダイアほどではないが、背丈は人並み以上である。

小学生のレンさんが摑《つか》まるには十分だ。

そうして、俺はレンさん案内のもと、屋敷の中を進んでいく。

静かな屋内で、レンさんが俺を誘導する声だけがしばらく響いた。

「それにしても、でかい屋敷だな」

「うむ。我が一族の屋敷ほどではないが」

「アレはもはや屋敷ってレベルじゃない気がするな。城か何かじゃないか？」

前に一度、エレアと一緒にレンさんの屋敷へ遊びに行ったことがあるが。

とんでもないでかさだった。

この屋敷も負けず劣らずでかい……いや待て？

「……いくら何でも、でかすぎないか？」

「うむ……？」

「さっきから、ずっと廊下を歩き続けてる気がするんだが」

ふと、足が止まる。

代わり映えのしない廊下を、ずっと歩かされ続けている……気がする。

いやまぁここが幽霊屋敷であることを考えれば、そこまでおかしなことではないのだが。

「……ぴぎゃあああああ！　逃げるのだあああああああ！」

「うわぁ！　暴れないでくれ、レンさん！」

泣き出したレンさんを押さえながら、俺は慌ててその場から走り出す。

といっても、廊下はどこまでも続くばかりで埒《らち》が明かない。

「幽霊屋敷に対して、強硬手段は風情《ふぜい》がないが……流石《さすが》にこのタイプは埒が明かないな！」

「風情とか言っている場合かあああ！　なんとかしてくれえええ！」

うしろでびえびえしている、闇札機関の盟主様を振り回しつつ、俺は背後を振り返る。

同時にイグニスボードを構えて、意識を集中させた。

「……見えた！　そこにいる骸骨《がいこつ》みたいなお前が、この無限回廊《むげんかいろう》の主《ぬし》だな！」

『キシシシシシ……』

こちらをからかうように、骨をきしませながら笑みを浮かべる半透明の幽霊。

そいつもまた、骨で作られたイグニスボードらしき盾を生み出し構えた。

「イグニッション！」

『キシシシシ！』

……多分、イグニッションと言っているのだろう。

喋《しゃべ》らないタイプのモンスターとの戦闘って、大変なんだよな。

とか思いつつ、俺はファイトを開始するのだった。


何をしたのかと言えば単純で、精霊《せいれい》タイプのモンスターを意識を集中させることで視認できるようにして。

それからファイトに持ち込んだのだ。

さっきの無限回廊は、あの骨型幽霊のいたずらみたいなもの。

元凶を視認してファイトを挑み、それに勝利すれば解除されるのだ。

んで、ファイト自体は普通に俺が勝利した。

流石にこんなところで負けてたら、カードショップ店長の面目丸つぶれだ。

それはそれとして。

「おーい、レンさーん、終わったぞー」

「うううううう！　かえりたいのだー！　かえりたいのだー！」

部屋の隅で、丸っこくなっていたレンさんに声を掛ける。

ファイトの最中、いよいよ目の前の幽霊に耐えられなくなったのか、俺から離れてうずくまっていたのだ。

しかしこの丸っこさ……カリスマガード!?

リアルでやる人初めて見た……。

そして、ここまでレンさんに似合うものなのか、カリスマガード。

「幽霊ならもう退治したから。それに、アイツは暴走していなかった。アレが平常運転なんだろう」

「わかっている、わかっているのだ。しかし、それはそれとして怖いものは怖いのだ……！」

どうやら、奴《やつ》とレンさんは顔見知りらしい。

敗北して成仏しそうな演出で消える直前、幽霊はレンさんに手を振っていた。

その距離感は、なんというかリュウナさんとレンさんのそれに近い。

リュウナさんはレンさんの従者だけど、古馴染《ふるなじ》みの身内でもあるからな。

家族みたいな感じ……といえば近いか。

「……なるほど、レンさんがどうして怖がりなのにココの調査を自分でやるのか、なんとなく理由が見えてきたよ」

「うう、怖がりではなーい」

「……背中、また乗る？」

「乗る……」

腰をおろして、背中を見せるとレンさんはぐずりながらよじ登ってきた。

普段から年相応だったり年不相応だったりするけれど。

今日のレンさんは、何だか普段より幼く見えるな。

幽霊を怖がって幼児退行している……というのもあるが。

ここが、本人にとって色々思い出深い場所だから、というのも大きい気がする。

「んじゃ、別にそこまで深く追求する必要はないと思ってスルーしてたけど……ココのことについて、教えてもらえるか？　レンさん」

「わかった……ぐずり」

ハナをずびずびさせながら、レンさんはここの来歴を語ってくれた。

もともとここは、異世界からモンスターを伴って〝流れ着いた〟屋敷だそうだ。

そういう場所は世界にいくつかあって、大抵は秘境化《ひきょうか》していて一般人から見つかることはない。

普通はそれを管理するのは、秘境を管理する「境界師《きょうかいし》」の仕事なのだが――

「この屋敷を、初めて見つけたのは幼き頃の我であった」

「今もまだ十分幼いが？」

「今はもう物心もついている。何より我は幼くない！」

そういうところが幼いと思うんだが……まぁ、これ以上話を脱線させる必要はないな。

幼い頃……今の半分くらいの年頃のレンさんは、ある時この屋敷に迷い込んだ。

ただでさえホラー系が苦手だったレンさんは、多くのトラウマを植え付けられつつ先ほどのように屋敷の幽霊達に散々遊ばれたわけだが……。

「我は気がついたのだ。この屋敷に住まう者達は、主《あるじ》なきこの屋敷を守る者達だと」

「この屋敷が、こっちにやってくる前の来歴はわからないけど……主人のいない幽霊屋敷だものな」

「うむ、そう考えると……我をからかう幽霊達が、どうしても寂しそうに思えてならなんだ」

何より、とレンさんは俺の背から屋敷を眺めつつ、続ける。

「……その寂しさが、この屋敷に闇を呼び寄せていた。このまま放置してしまうと、彼らは闇に染まりダークファイターへ堕ちてしまう」

「そうだな……」

「そんなものは、絶対に認められん」

レンさんの言葉には、確固たる意志が宿っていた。

その意志を、俺は背中で受け止めながら続きを待つ。

「精霊タイプの凶暴なモンスターが、民草を傷つけるのはよくあることだ。それ自体は決して不思議なことではない」

「ああ、ここの幽霊達も闇に染まって悪魔のカードになっていれば……同じように扱われていただろうな」

「我はそれが耐えられない。奴らは人を驚かすのが好きで、寂しがり屋だが……それだけだ。こうして定期的に調査をしてガス抜きをしていれば、闇に堕ちることはない」

レンさんの言うことは、この世界で時折問題になることだ。

凶暴なモンスターが悪魔のカード……さらにはダークファイターになってしまう問題。

現実における野生動物に関する問題と同じで、何かと根が深い問題である。

厄介《やっかい》なのは、そういう現実的な要因の他にホビーアニメ特有……というか、創作みたいな世界特有の問題ものしかかってくることだ。

具体的に言うと――

「……だから、レンさんはこうして屋敷を守護してるわけだな」

「ああ、そうだ」

「けど、いつまでもこうしているわけにはいかないよな？」

「……そうだ」

この屋敷は、レンさんがいなくなってもここに残り続けるということだ。

なにせ、幽霊というのは成仏しない限り存在し続ける。

人間の寿命は有限だが、幽霊はそうではない。

ここにいるのは幽霊系モンスターだから、なおさらだ。

だから、レンさんが守護できなくなった場合、彼らはどうなってしまうか。

まぁ、後継者問題ってのは創作みたいな世界だけに限らないが……普通の世界と比べても、こういう場所が後世に残りやすいのはこの世界の特徴だ。

だからこそ、境界師なんてエージェントもいるくらいだし。

「一番簡単なのは……境界師に守護を委託することだ」

「もちろん、最終的にはそうすることになるだろうが、境界師は秘境とこの世界の融和を目指す組織だ。彼らに任せた場合、この屋敷をこのまま残すことは叶《かな》わない」

「前に進むってことは、大事なことだけどな」

「わかっている」

俺の背中に顔を埋《うず》めながら、レンさんは頷く。

この屋敷は、確かにレンさんがいなくなった後も存在し続ける。

けれどもまったく同じ状態で、ここを維持し続けることは不可能だ。

常に、変化にさらされ移ろいゆく。

それが自然というものだ。

人の手で、無理やりそれを止めようとする行為は、一般的には停滞と呼ばれている。

境界師は秘境が自然にこの世界へ溶け込むのを助ける組織だ。

だからサムライの秘境……風太郎《ふうたろう》の暮らす「剣風帖《けんぷうちょう》」には最新家電が設置されている。

故に、こういうモンスターだけが残る屋敷を彼らが管理した場合。

ゆっくりと、モンスター達はカードとしてあるべき姿に帰り、屋敷は解体される。

凶暴化しかねないモンスター達を、そのままにしておくことは許されないのだ。

「それでも……我はこの場所が好きだ。恐ろしくて、寂しげで、愉快《ゆかい》で……彼らがいる。この場所が、我にとっての原点の一つなのだ」

「……それは」

「ここは……我が己の手で初めて鎮《しず》めた場所でもある」

レンさんは、この世界を守護する高貴な一族の末裔《まつえい》だ。

そして、その当主でもある。

生まれた時から、世界を守るために生きることが宿命づけられていた。

そんなレンさんが、初めて見つけて調査し……安定させた場所。

解決した事件、といってもいいだろう。

「そんな場所が、ただ消えていくしかないなんて……我は嫌だ」

「レンさん……」

「このまま残し続けたい、なんてわがままは言わぬ。それでもせめて……せめて、少しだけ」

少しだけ、レンさんはためらってから。

「……何かを、遺《のこ》したいのだ」

沈黙が広がる。

俺の足音だけが屋敷に響き、レンさんは俺の背中に顔を埋めている。

幽霊達は……この話を聞いているのだろうか。

俺は彼らのことを、ほとんど知らない。

だから、彼らの考えを読み取ることはできないのだが。

「一番簡単な方法は、彼らをファイターと結びつけることだ」

「……そうだ」

「彼らと相性の良いファイターを見つけて、ここに連れてくる。そうして彼らと結びつけることでそのファイターのデッキに組み込む。そうすれば、彼らはデッキとして残り続ける」

「………そうだな」

そこで、俺は足を止めた。

先程から静かなレンさんが、更に静かだ。

この方法の一番の問題は——

「なぁ、天の民」

「どうした、レンさん」

「どうして我が、彼らと絆を結べぬのだろうなぁ……」

ぽつりと、こぼす。

それは、あまりにも。

あまりにも、レンさんの感情を表した言葉だった。

「これまで、多くのファイターをここに連れてきて、その相性を確かめた。だが、彼らと結びつくファイターはいなかった」

「…………」

「何より、ここ最近は彼らが騒がしくなる頻度が高くなってきている。限界が来ているのだろうと、考えるまでもなくわかる」

レンさんは、俺を促して背中から降りる。

廊下を踏みしめて、天井を仰いだ。

「我は……どうすればいいのだろうな」

その言葉に、俺はなるほど……と頷く。

俺をここに連れてきたのは、解決策を求めるためだろう。

まさか、俺と彼らのカード相性がいい、とは思っていないはずだ。

基本的に、強いファイターというのは今自分が結びついているカードとの相性がとても良い。

俺もそうだが、運命的な出会いによってカードとファイターは結びつくからな。

レンさんのように、自分にとっての原点の一つであっても。

それより以前に結びついてしまったカードとの相性が良くなかったら、結びつくことは叶わない。

「ならレンさん。――俺とファイトしよう」

「……天の民と？」

「ああ、そうだ。この場で俺達ができる、一番すごいファイトをするんだ」

であるなら。

俺のするべきことは単純だ。

「これまで、レンさんは幽霊達とファイトすることで彼らを鎮めてきただろう」

「当然だ、彼らは寂しさ故に暴走しかけている。それを抑えるとなれば……彼らとのファイト以外に方法はない」

「だからこそ、俺は趣向を変えてみようと思う」

つまり、こういうことだ。

「彼らとのファイトで彼らを鎮めるのではなく、俺達のファイトを観戦することで鎮まってもらう」

「故に……趣向を変える？」

「そのとおりだ。彼らは基本的に、ここにやってきたファイターとのファイトしかしたことがない。だったら、やってきたファイター同士のファイトを見るのは、これが初めてなんじゃないか？」

こうすることで、普段とは違う満足感を経て彼らが鎮まれば。

彼らの感情も変化を見せるかもしれない。

まぁ、要するに――

「これで、少しでもマンネリを打破できるかもしれないぞ」

「ま、マンネリ……」

珍しく、レンさんが素で呆《あき》れる表情を見せる。

言い方ってもんがあるだろう……って顔だが、まぁ俺はだいたいいつもこんな感じだからな。

　諦めてもらう他ない。

「しかし……そうだな、そういうことなら……やってみるか」

「俺の個人的な推測だが……今ここでファイトすれば、レンさんは全力にかなり近い実力を発揮《はっき》できるはずだ」

「――ほう」

　いいながら、お互いにイグニスボードを構える。

「それはいいことを聞いたなぁ。これまで散々我をボコボコにしてきた天の民を、ついにこちらがボコボコにする時が来たというわけだ」

「ボコボコて」

　そこはこう、もう少し中二っぽい言い回しできなかったの？

　ともあれ、準備は整った。

　俺達は互いに笑みを浮かべて――

「「イグニッション！」」

　闘志に、火を点《つ》ける。


　俺の想定通り、レンさんはかなり全力に近い実力を発揮できた。

ここが、彼女にとって大事な場所だからだろう。

本人のテンションが最高潮に近いのだ。

かくして俺達のファイトは互角どころか、レンさんが圧倒するような形で進行し――

「さぁ、このターンで何もできなければ貴様の負けだ、天の民！」

そう、レンさんが宣言する。

彼女の場には、一枚の設置型カウンターエフェクトと、一体のモンスター。

「我が〈ガイアストラ・ウロボロス〉の前に、貴様は敗れるほかはない！」

「流石にレンさんの最強エース……一筋縄ではいかないな」

〈ガイアストラ・ウロボロス〉。

レンさんの「ガイアストラ」デッキの最終エースだ。

「ガイアストラ」、それは「ガイア」と「アストラ」を合わせた言葉。

大地の星……すなわち地球を意味するデッキだ。

構成するモンスターは全て地属性のドラゴン。

レンさんが自身を「大地の化身」と称するのもこれが理由。

そんな〈ウロボロス〉は現在、設置されたカウンターエフェクトの効果で打点が上がっている。

俺の場には〈極大古式聖天使《フルエンシエントノヴァ》　エクス・メタトロン〉と〈古式聖天使《エンシエント》　プロメテウス〉がいる。

〈エクス・メタトロン〉は戦闘時に打点を上げつつ相手の攻撃対象を変更する効果がある

が……それを使っても上回れない打点だ。

ちなみに、打点を上げる効果と攻撃対象変更効果は一つの効果だが、打点上昇効果だけを使うこともできる。

「なら俺は、〈プロメテウス〉のエフェクトを発動！」

「ふん、それで何ができる！」

「簡単さ、〈メタトロン〉のエフェクトを発動！　〈プロメテウス〉のエフェクトを無効にし――」

「何⁉」

「手札に戻す‼」

そして、手札に戻った〈プロメテウス〉を発動コストに――

「俺は、カウンターエフェクト〈変わらぬ過去の新生〉を発動！　この効果で、デッキとセメタリーからモンスターをサモンする！」

「なっ……それでは、〈メタトロン〉の打点アップが……！」

敢《あ》えて〈プロメテウス〉を手札に戻すことでコストを確保しなければ、発動できなかったカウンターエフェクトだ。

「レンさん。レンさんは彼らを遺したいと言ったな」

「……そうだ」

「だったら、そのことに関しては心配はいらない。レンさんはもう彼らからあるものを託されているんだから」

「それは……なんだ？」

この世界に、変わらないものは〝今〟しかない。

過去も未来も変わっていく。

けれど、未来はいくらでも変わっていくのに対して……過去の変化は、それを思い出す人の感情次第だ。

起きた出来事は、いつだって変わらない。

だからレンさんは――

「思い出を、遺されている」

俺は、その言葉とともに〈メタトロン〉で〈ウロボロス〉を攻撃する。

打点上昇効果により、勝利するのは〈メタトロン〉だ。

そしてレンさんのライフも、残った二体の「古式聖天使《エンシエント》」によって削りきられる。

勝ったのは、俺だ。


「……ぐう」

「…………」

レンさんが唸《うな》る。

普段ならオーバーなリアクションで吹っ飛んだりするレンさんは、その場で静かに佇《たたず》んでいた。

そして、ゆっくりと吐息をこぼしてからこちらを見上げる。

「……我の完敗だ」

「いいファイトだったよ、レンさん」

「そちらもな。……やはり、天の民は強い」

どこか、悔しそうな、けれども誇らしげな笑みを浮かべて。

「――我の知る、誰よりもだ」

そう、告げた。

「少し、こそばゆいな」

「そこは誇れ、この大地の化身たる翠蓮《すいれん》が認めているのだぞ？」

「もちろん、わかってるさ。光栄なことなんだから」

「ふふん、もっと誇るがいい。我もその分誇らしくなる」

言葉を交わす内に、レンさんも少しずつ元の感じに戻っていく。

不遜《ふそん》にして豪胆。

それがレンさんのいいところだ。

暗く沈んでいるレンさんは、らしくない。

なんて思っていると、不意に――ドンドンと、音が鳴り始めた。

「これは……」

「ポルターガイストだ！　奴らめ、このファイトで随分盛り上がったようだな！」

「いいことじゃないか」

「うむ！」

どうやら、拍手の代わりのようだ。

まぁ、基本実体を持たない幽霊なのだから、感情を表現するならこれが一番わかりやすいのだろう。

流石に、わざわざ意識を集中して確認する必要もない。

十分向こうの意志は伝わった。

「ところで、さっきからポルターガイストで心霊現象起きまくってるけど、レンさん大丈夫？」

「やめろ、指摘するな！　怖くなってくる」

「ああ、やっぱりダメなんだ……」

真面目《まじめ》な場所だから、気合で耐えてるだけなのね。

指摘してゴメン。

……と、そこでついでにもう一つ。

思ったことをレンさんに問いかける。

「そういえば——クローをここに連れてきたことはあるのか？」

「む？　蒼穹《クロー》の民か？」

クール少年のクローは、「蒼穹」モンスターの使い手。

俺達の間で、最も身近なアンデッド使いである。

ここの幽霊達と結びつく可能性は低くても、やってみる価値はあると思うのだが。

しかしレンさんは――

「連れてきたことはないぞ?」

「そりゃまた、どうして」

疑問を呈する。

彼は既に一端の実力者で、いくらアンデッド使いとはいえ「蒼穹」との繋《つな》がりは強い。

まぁ、バカンスに行かれて友情に罅《ひび》が入ったりもするが。

「……だって、ここの者達が仮にあのちゃらんぽらんな〈蒼穹〉の仲間だったら、なんか嫌だし」

気持ちは理解《わか》らなくもないが、とりあえず試してみよう……と、俺はレンさんを説得するのだった。

なお、あっさりクロー少年とここの幽霊達は結びつき、彼らは「蒼穹」の新しいモンスターとしてクロー少年のデッキに加わることとなり。

諸々の問題は全て、キレイに解決した。

「しゃ、釈然《しゃくぜん》とせぬ――!」

釈然としない、レンさんの心情を除いて。

カードリスト

1

CARDLIST

大古式聖天使《エンシェントノヴァ》 ロード・ミカエル

効果:【エクストリームサモン】「古式聖天使」モンスター二体以上
(任意)このモンスターがサモンされた時、「エンシェント」カウンターエフェクトをデッキから一枚手札に加える。
(任意) このモンスターは1ターンに1度、デッキの一番上のカードをセメタリーに送ることで破壊されない。
(強制) このモンスターのエフェクトが発動したターン、このモンスターのATKを500アップする。

ATK:2300　レベル8　DEF:1300

極大古式聖天使《フルエンシェントノヴァ》 エクス・メタトロン

効果:【エクストリームサモン】「古式聖天使」モンスター二体以上
(常時)このモンスターはエフェクトで破壊されない。
(任意)1ターンに1度、モンスターがサモンされた時、もしくはエフェクトが発動したときに発動する。そのサモン、もしくはエフェクトを無効にして発動したカードを手札に戻す。
(任意)1ターンに1度、攻撃を行うときに発動する。このカードのATKをフィールドの「古式聖天使」カードの数×1000アップする。

ATK:3500　レベル15　DEF:2000

IGNITION FIGHT

帝国革命の開拓者

効果：
(任意)フィールドに「帝国」モンスターがいる時、手札かセメタリーから発動する。このモンスターをサモンする。その後、フィールドのこのモンスター以外の「帝国」モンスターをセメタリーに送り、このモンスターのATKを送った数×1000アップする。このモンスターがサモンされた時、セメタリーから「帝国」モンスターを一枚手札に加える。
(常時)フィールドにこのモンスター以外の「帝国」モンスターがサモンされた時、効果を適用する。次のターン終了まで、<帝国革命の開拓者>以外の「帝国」モンスターがフィールドにいないプレイヤーは、エフェクトを発動することができない。

ATK：2300　レベル10　DEF：1300

IGNITION FIGHT

帝国の尖兵　エクレルール

効果：
（任意）デッキの一番上のカードをセメタリーに送って発動する。デッキから「帝国」カードを一枚手札に加える。
（常時）このモンスターは、破壊された場合セメタリーに行かず手札に戻る。

ATK：1500　　レベル6　　DEF：1500

あとがき

皆様はじめまして、もしくはいつもお世話になっております。暁刀魚《さんま》と申します。本作を手に取ってくださり誠にありがとうございます。なお作者名の読みはさんまです、なぜそうなったのかは自分でもいまいちよくわかってないですが、さんまです。


本作『カードゲームで世界が滅ぶ世界に転生してカードショップを開店したら、周囲から前作主人公だと思われている』について少しお話しします。

カードショップ店長、もしくはカードゲーム前作主人公といったキーワードで覚えてもらうといいかもしれません。

そんな本作ですが、本作はいわゆるTCG《トレーディングカードゲーム》を下敷きにした作品となっております。

特にルールの大本は皆さんご存じの有名TCG《トレーディングカードゲーム》をベースにしています。大変お世話になっております。

さて、そういったTCG《トレーディングカードゲーム》を下敷きにした小説は、カードゲーム部分を小説として表現するのが大変むずかしいです。

何せ誰も知らないルールとカードの効果を、わかりやすく読者に伝えなくてはならないわけですから。

その点、本作はその部分を非常にざっくりとしたものにして、ゲームを行うシーンも全体の割合の中では少なくなっています。

その分カードゲームをはじめとしたホビーアニメでよくありそうな展開や、実際にカードゲームで世界が滅びそうな世界が存在するならどういうことが起こるのか、という部分を本作の主題としています。

ある意味で本作は架空カードゲームモノというよりはカードゲームあるあるモノといった方が近いかもしれません。

そんな、どちらかといえば日常モノに近い本作を楽しんでいただけたら幸いです。


また、本作は読者の方から爆速で書籍化したというお言葉を幾度かいただいていますが、私自身爆速で書籍化が決まり、大変驚いております。

人生初の書籍化ということで、不慣れなこともありましたが、こうしてトントン拍子で話が進み気がつけば皆様の手に取っていただけるところまで来ました。

今作を手に取っていただけたのは幸いですし、これからも多くの人に手に取っていただける作品を作れればと思っています。


そして最後に、本作出版に当たって素敵なイラストを描いてくださったｔｅｆ先生、不慣れな書籍化作業をサポートしてくださった担当様、そして本作を手に取ってくれた読者の皆様にあらためて御礼申し上げます。

また、本作を執筆するうえで、多くのプレイヤーを魅了しているＴＣＧ《トレーディングカードゲーム》というゲームの存在はなくてはならないものです。
そんなTCG《トレーディングカードゲーム》にあらためて感謝の意を表したいと思います。本当にありがとうございました。

暁刀魚

「カードゲームで世界が滅ぶ世界に転生して
カードショップを開店したら、
周囲から前作主人公だと思われている」
第1巻発売おめでとうございます!!
私が初めてTCGに触ったのはMTGの第7版の頃
だったような気がします。
その頃からTCGが題材の作品はちょこちょこ
読んだりしてましたが、そんな世界に転生する
という発想はありませんでした！
店長とエレアのこれからがとても楽しみです！

カードゲームで世界《せかい》が滅《ほろ》ぶ世界《せかい》に転生《てんせい》して
カードショップを開店《かいてん》したら、
周囲《しゅうい》から前作主人公《ぜんさくしゅじんこう》だと思《おも》われている

2024年9月30日　初版発行

著　者　暁刀魚《さんま》
イラスト　tef
発行者　山下直久
発　行　株式会社KADOKAWA
〒102-8177 東京都千代田区富士見2-13-3
電話 0570-002-301（ナビダイヤル）

編集企画　ファミ通文庫編集部
デザイン　横山券露央（ビーワークス）
写植・製版　株式会社オノ・エーワン
印　刷　TOPPANクロレ株式会社
製　本　TOPPANクロレ株式会社

●お問い合わせ
https://www.kadokawa.co.jp/（「お問い合わせ」へお進みください）
※内容によっては、お答えできない場合があります。
※サポートは日本国内のみとさせていただきます。
※Japanese text only

●本書の無断複製（コピー、スキャン、デジタル化等）並びに無断複製物の譲渡及び配信は、著作権法上での例外を除き禁じられています。また、本書を代行業者等の第三者に依頼して複製する行為は、たとえ個人や家庭内での利用であっても一切認められておりません。　●本書におけるサービスのご利用、プレゼントのご応募等に関連してお客さまからご提供いただいた個人情報につきましては、弊社のプライバシーポリシー（URL:https://www.kadokawa.co.jp/）の定めるところにより、取り扱わせていただきます。

©Sanma 2024 Printed in Japan ISBN978-4-04-738069-1 C0093　　定価はカバーに表示してあります。

生活魔法使いの下剋上

生活魔法使いは
“役立たず”じゃない！
俺がダンジョンを
制覇して証明してやる!!

STORY

突如として魔法とダンジョンが現れ、生活が一変した現代日本。俺——榊《さかき》 緑夢《グリム》はダンジョン探索にも魔物討伐にも使えない生活魔法の才能を持って生まれてしまった。それも最高のランクSだ。役立たずだと蔑まれながら魔法学院の事務員の仕事をこなす毎日だったが、俺はひょんなことからダンジョン探索中に新しい魔法を創り出せるレアアイテム『賢者システム』を手にすることに。そしてシステムを使ってダンジョン探索のための生活魔法を生み出した俺はついに憧れの冒険者としての一歩を踏み出すのだった——!!

B6判単行本 KADOKAWA/エンターブレイン 刊

月汰元
[イラスト]
himesuz

アラサーがVTuberになった話。

Around 30 years old became VTuber.

とくめい [Illustration] カラスBT

「書籍化不可能」

といわれた

異色作がまさかの

刊行!!!

STORY

過労死寸前でブラック企業を退職したアラサーの私は気づけば妹に唆されるままにバーチャルタレント企業『あんだーらいぶ』所属の**VTuber神坂怜**となっていた。「VTuberのことはよくわからないけど精一杯頑張るぞ!」と思っていたのもつかの間、女性ばかりの『あんだーらいぶ』の中では**男性Vというだけで視聴者から叩かれてしまう**。しかもデビュー2日目には同期がやらかし炎上&解雇の大騒動に!果たして**アンチばかりのアラサーV**に未来はあるのか!? ……まあ、過労死するよりは平気かも?

B6判単行本 KADOKAWA/エンターブレイン 刊

Comment
シスコンじゃん
Comment
こいついっつも燃えてるな
Comment
同期が初手解雇は草

TS衛生兵さんの戦場日記
ファンタジーの世界でも
戦争は泥臭く醜いものでした
［TS衛生兵さんの戦場日記］
まさきたま
［Illustrator］クレタ
STORY
B6判単行本
KADOKAWA/エンターブレイン 刊
トウリ・ノエル二等衛生兵。彼女は回復魔法への適性を見出され、生まれ育った孤児院への資金援助のため軍に志願した。しかし魔法の訓練も受けないまま、トウリは最も過酷な戦闘が繰り広げられている「西部戦線」の突撃部隊へと配属されてしまう。彼女に与えられた任務は戦線のエースであるガーバックの専属衛生兵となり、絶対に彼を死なせないようにすること。けれど最強の兵士と名高いガーバックは部下を見殺しにしてでも戦果を上げる最低の指揮官でもあった！理不尽な命令と暴力の前にトウリは日々疲弊していく。それでも彼女はただ生き残るために奮闘するのだが——。